核物理先驱

段治文 钟学敏 著

赵忠尧传

山西出版传媒集团　北岳文艺出版社
·太原·

图书在版编目（CIP）数据

赵忠尧传 / 段治文，钟学敏著．—太原：北岳文
艺出版社，2025.3

ISBN 978-7-5378-6511-1

Ⅰ．①赵… Ⅱ．①段… ②钟… Ⅲ．①传记文学—中
国—当代 Ⅳ．① I25

中国版本图书馆 CIP 数据核字（2021）第 280701 号

赵忠尧传

ZHAO ZHONGYAO ZHUAN

段治文　钟学敏 / 著

//

出品人 董利斌	出版发行：山西出版传媒集团·北岳文艺出版社 地址：山西省太原市并州南路 57 号　邮编：030012 电话：0351-5628696（发行部）　0351-5628688（总编室）
选题策划 李向丽	传真：0351-5628680 经销商：新华书店
责任编辑 李向丽 汪恒江	印刷装订：山西人民印刷有限责任公司 成品尺寸：145mm×210mm
	字数：180 千
书籍设计 张永文	印张：8.625 版次：2025 年 3 月第 1 版
	印次：2025 年 3 月山西第 1 次印刷
印装监制 郭　勇	书号：ISBN 978-7-5378-6511-1 定价：78.00 元

前　言

1998 年 5 月 28 日，在地球的这边，世界上第一位发现反物质的人——中国核物理学家赵忠尧先生，于 97 岁高龄安然辞世。

几天后的 6 月 3 日，在地球的那边，为寻找宇宙中的反物质，美国"发现者"号航天飞机载着阿尔法磁谱仪，伴随着轰鸣与光焰成功升空，那么轰轰烈烈、举世瞩目。

这次人类直接探测太空反物质的首次尝试，是一项有中国参与的大型国际合作研究项目，由华裔科学家丁肇中领导。阿尔法磁谱仪是专门用来探测太空中的反物质的，其主要部件——体积大、磁场强度非常高的永磁体，由中国负责制造、安装。

此时此刻，人们不禁再次想起，是赵忠尧在人类认识反物质的历史长河中迈出了划时代的第一步——第一次观察到反物质产生和湮灭造成的现象。

特别值得注意的是，这次发射时间原计划正是 5 月 28 日，后来由于技术原因，才推迟到 6 月 3 日进行。

以中国为主制造的探测反物质的阿尔法磁谱仪升空了，第一位发现反物质的科学明星陨落了，时间是那么的凑巧。也许有人会讲：难道是阿尔法磁谱仪将赵先生的英灵一起带走了吗？不，先生早于"发现者"号航天飞机而走，先生也许是为"发现者"号开路去了。抑或这位科学明星正是想以自身的陨落，使得人类探索太空的尝试更加耀眼炫目！

无论是外国科学家还是中国科学界，还是社会民间，越来越多的人开始谈起这位中国科学家的不平凡的贡献，越来越多的人开始传颂这位曾经给中国科学带来辉煌的先驱者的精神品格。

早在 20 世纪 20 年代，刚从东南大学毕业就成为清华大学本科教师的赵忠尧，深深地感到中国物理科学与西方国家的差距太大。几经考虑，抱着振兴中国物理科学的宏愿，1927 年，26 岁的赵忠尧自费赴美国深造，考入美国加州理工学院研究生部，师从著名的物理学家、1923 年诺贝尔物理学奖得主密立根教授，攻读博士学位。

密立根教授慧眼识才，但非常严厉。他一开始给赵忠尧布置的博士论文是利用光学干涉仪做实验。赵忠尧感觉这个题目一般，于是请求密立根教授给他换一个难一点的更具有突破性的题目。密立根教授开始并没有答应，过了一些日子，他才决定让赵忠尧做"硬伽马射线通过物质时的吸收系数"

这个题目。

当时，无论是密立根教授还是赵忠尧，都没有意识到，这个题目会把赵忠尧推到一个物理科学伟大发现的关口，并使他具备了获得诺贝尔奖的实力。

这个实验研究做了一年多时间。1929年底，赵忠尧把论文交给了密立根教授。奇怪的是两三个月过去了，密立根教授没有发表任何意见，他不太相信这个研究结果是由一位中国留学生做出来的。赵忠尧有点急了，因为在科学发现的竞技场上，只有第一，没有第二，科研成果发表的先后往往决定着这一项研究的命运。这时，替密立根教授管理研究生工作的鲍文教授跑去对密立根教授说："我很了解赵忠尧的实验测量全过程，他从仪器操作、实验设计、测量记录到计算的全过程，都进行得非常严谨，实验结果是完全可靠的。"这样，密立根教授才同意赵忠尧将论文送出发表。

1930年5月，《美国国家科学院院报》正式发表了赵忠尧的论文《硬伽马射线的吸收系数》。赵忠尧在这篇论文中首先向世界宣布：硬伽马射线通过轻重不同的元素，会出现吸收系数差异极大的奇特现象，即反常吸收现象。

以上研究足以让赵忠尧拿到博士学位，但作为一个出色的物理学研究者，赵忠尧并没有因此止步，他利用离毕业还剩的半年多时间，开始了新的冲刺。因为发现反常吸收后，一个新的研究目标出现在他的脑海：要研究清楚硬伽马射线与物质相互作用的机制。于是，他自己提出并设计和操作实验。通过夜以继日的工作，克服重重困难，他取得了又一个新的实验结果。通过这一实验，赵忠尧还首次发现：伴随着硬伽马射线在重元素中的反常吸收，还存在一种从未见过的特殊辐射现象。赵忠尧把这个实验结果很快撰写成第二篇论文《硬伽马射线的散射》，于1930年10月发表在美国《物理评论》杂志上。

赵忠尧的实验研究结果引起了物理学界的重视。他在加州理工学院的同学安德逊就对此非常感兴趣。在赵忠尧研究的启示下，1932年，安德逊在宇宙射线的云雾室照片上观察到正电子的径迹。此后，人们对反常吸收和特殊辐射才有了新的认识。

通过对这些实验结果进一步分析，物理学家们终于认定，反常吸收是由于部分硬伽马射线经过原子核附近时转化为正负电子对，而赵忠尧首先独立发现的特殊辐射则是一对正负电子对湮灭并转化为一对光子的湮灭辐射。也就是说，如果把人们已经发现的电子称为负电子的话，那么，赵忠尧及安德逊则第一次发现了正电子的存在；如果把已经发现的负电子称为物质的话，赵忠尧则是在世界物理学界第一个观测到正反物质湮灭的人，因而，他也是物理学史上第一个发现反物质的物理学家。

1936年，发现正电子的研究成果获得了诺贝尔物理学奖，但是，获奖者名单中并没有赵忠尧的名字，只有 1932 年在云雾室中观测到正电子径迹的安德逊的名字。

这无疑是历史的误会！对此，物理学界一直议论纷纷。直到半个世纪后，当诺贝尔奖评审情况解密之后，这个历史之谜才得以揭开。特别是杨振宁和李炳安教授在 20 世纪 80 年代开始对原始文献进行认真细致的调查研究，并在 1989 年正式发表了《赵忠尧，电子对产生和湮灭》一文，才以确凿证据廓清了正电子发现有关研究的历史本来面目，阐述了赵忠尧在其中的首创性贡献。

赵忠尧在世界物理学界第一个观测到正反物质湮灭现象，这个发现足以使他获得诺贝尔奖，当时瑞典皇家学会也确实曾郑重考虑过授予赵忠尧诺贝尔奖。不幸的是，在赵忠尧之后，有两位学者进行过类似的实验，却没能获得赵忠尧所发现的结果。他们之所以未能得到同样的结果，是因为一个是方法错了，另一个则是仪器的灵敏度不够所致。本来赵忠尧的实验和观察是完全准确的，但这两个实验影响了赵忠尧的成果被进一步确认。再加上在评审时，两位颇具影响力的物理学家竟然把那两篇没有能得出同样结果的论文当成了赵忠尧本人的文章，张冠李戴，结果影响了科学界对这一研究的正确评价。

获得 1936 年诺贝尔物理学奖的安德逊也承认，当赵忠尧的实验结果出来的时候，他正在赵忠尧的隔壁办公室，当时他就意识到赵忠尧的实验结果已经表明有一种人类尚未认知的新物质存在，他的实验是受到赵忠尧实验结果的启发，并直接在其基础上做出来的。

前诺贝尔物理学奖委员会主任爱克斯朋在 1997 年撰写的一篇文章中坦诚地写道："书中有一处令人不安的遗漏，在谈到有关在重靶上高能（2.65 兆伏）伽马射线的反常吸收和辐射这个研究成果时，书中没有提到中国的物理学家赵忠尧，尽管他是最早发现硬伽马射线反常吸收者之一，赵忠尧在世界物理学家心中是实实在在的诺贝尔奖得主！"

然而，难能可贵的是，赵忠尧并没有因为历史的误会导致的不公而沮丧。他始终乐观豁达，"兢兢业业地为祖国工作"，不仅在核物理方面不断取得重要成果，而且为建立并发展我国的核科学事业做出了重要贡献。

赵忠尧回国后，20 世纪 30 年代在清华大学任教期间，积极组织建立了我国第一个核物理实验室，在极其简陋的条件下，继续进行伽马射线和原子核相互作用的研究。他从中子共振入手，探讨了原子核的能级间距，计算了银、铑和镍的共振中子能级的间隔。抗日战争期间，学校辗转迁徙到了昆明，生活极不安定，而且物价飞涨，他的薪金不足以维持家用，还要自己搞些副业来补贴。即使在这样的情况下，赵忠尧仍利用盖革计数器做了一些宇宙线方面的研究工作。

1946 年，赵忠尧作为我国唯一的科学家代表去美国夏威夷比基尼群岛参观美国在太平洋上的原子弹试验，同时接受中央研究院总干事萨本栋的委托，以 5 万美元购买了一些研究核物理的器材，后来又委托他购买了其他一些科学器材。当时核物理是一门新兴的基础学科，赵忠尧考虑到要开展核物理研究至少要一台加速器，但订购一台完整的 200 万电子伏的静电加速器至少要 40 万美元，于是他决心自行设计一台加速器，并开始购买国内难以买到的部件和少量核物理器材。1946—1950 年，赵忠尧节衣缩食、历尽艰辛，辗转于麻省理工学院、加州理工学院等实验室"打工"，终于在新中国成立后的 1950 年，带着 30 多箱设备器材回国。

赵忠尧回国后，在刚刚创建的中国科学院近代物理研究所主持核物理方面的研究工作。中华人民共和国成立初期，中国科学院近代物理研究所开创时期的实验工作主要就是靠赵忠尧千辛万苦从美国运回的器材。他利用带回来的器材，主持装配完成了我国第一台 70 万电子伏的质子静电加速器，又研制了一台 250 万电子伏的高气压型质子静电加速器。在研制加速器的过程中，发展了真空技术、高电压技术和离子源技术，为我国打下了加速器和核物理研究的基础。

赵忠尧不仅在核物理研究上硕果累累，为建立和发展我国的核科学做出了重大贡献，而且还辛勤耕耘，为我国科学、教育事业培养了几代人才。

赵忠尧从 1924 年起在东南大学物理系任教，1925 年随叶企孙教授到清华学校创办物理系，是当时清华物理系仅有的五位教师之一。1932年留学归国后，他继续在清华大学、西南联合大学物理系任教。除教学外，他还积极建设实验室，开展科学研究，为核物理研究及人才培养创造条件。抗日战争后期，他又到中央大学任物理系主任。

新中国成立后，赵忠尧虽长期在科研机构工作，但仍十分关心人才培养，在研究工作中，培养了我国第一批加速器专家以及有关技术部门的专家，培养了一批核物理研究人员。1958年，赵忠尧受命创办中国科学技术大学原子核物理系（后改为近代物理系）。他广泛听取有关科学家和教育家的意见，具体落实该系的课程设置、教学大纲和专业教材，精心挑选中国科学院原子能研究所的优秀专家担任教师。他还自编讲义，亲自给学生讲授"原子核反应"课程。他很重视实验室的建设，将国内安装运行的第一台静电加速器送给该系，装备实验室。在他的领导下，中国科学院原子能研究所的各个研究室和附属工厂都成为原子核物理系的第二课堂。

面对诺贝尔奖的错失，赵忠尧为什么能做到如此坦然，且始终乐观豁达，甚至从不提起自己以前的成就，始终兢兢业业地工作呢？半个多世纪后，赵忠尧在自己写的《我的回忆》中，向人们揭开了这个谜。他说："我对自己走过的道路重新进行了回顾与思考，唯一可以自慰的是，六十多年来，我一直在为祖国兢兢业业地工作，说老实话，做老实事，没有谋取私利，没有虚度光阴。"他还曾多次说，科学研究不是为了个人荣誉，不是为了私利，而是为人民谋幸福。

这朴实无华的语言，正是赵忠尧高尚人格的真实写照，也揭示了这位著名科学家乐观豁达、不断前行，始终兢兢业业为祖国工作的奉献精神。

在中国物理学史上，他是一座丰碑！

在世界物理学史上，他是一颗明星！

赵忠尧，这个姓名在物理学界是显赫的，但是，由于他的辉煌功绩仍鲜为人知，媒体也只是在 20 世纪 90 年代以后才有了一些报道，所以至今还没有一部全面反映赵忠尧先生一生的传记。为了让历史记住中华民族有这样一位对物理学做出过卓越贡献的优秀子孙，也为了让我们的年轻一代了解赵忠尧这样的杰出科学家前辈并以其为榜样，我们有责任将这位杰出科学家的一生追述出来，并将它献给读者。

目　录

一　出生与童年

　　浙江中部偏北有一个县叫诸暨，它东北接绍兴，东靠嵊州，南界东阳、义乌，西毗浦江、桐庐、富阳，北邻萧山。诸暨历史悠久，远在新石器时代，即有先民在此生息繁衍，是古越文化的发祥地之一，越国曾先后在其境内埤中、大部、勾乘等地建都。秦王政二十五年（前222）设县。两千多年来，历经境域分合、升州复县及县名更易，但建制未废。

　　"我家洗砚池头树，朵朵花开淡墨痕。不要人夸颜色好，只留清气满乾坤。"这是诸暨人王冕描写家乡的诗句。诸暨人杰地灵。绝代佳人西施、郑旦临危受命，忍辱报国，传为佳话。唐代高僧良价是佛教曹洞宗的创始人，教义远播海外。元代大画家王冕，元末明初杰出文学家、书法家杨维桢，明末清初画坛宗师陈洪绶，均留下了宝贵的文化遗产。太平天国名将何文庆则以其抗击外国侵略者的英勇战绩而载入史册。及至现代，英贤哲人迭出不穷。早期无产阶级革命家俞秀松、张秋人、宣中华、宣侠父、汪寿华、郑复他等光照千秋。著名农学家金善宝、古植物学家斯行健、物理学家何增禄、海洋学家毛汉礼、林学家吴中伦、鱼类学家陈兼善、航空航天专家冯绥安等科技界精英，均以其卓越贡献而蜚声海内外。

清光绪二十八年，即公元 1902 年的 6 月 27 日，赵忠尧就出生在诸暨城关镇赵家弄堂（现西施大街东端）。

赵家弄堂在诸暨城关镇历史上颇有名气，这里住着多户赵姓家族的成员，势力也相当大。但因时势变迁，特别是由于战祸的影响，赵家不断衰落。到赵忠尧的祖父辈，已经成为衰落的大家族中的一个破落户。父亲赵继和幼失怙恃，又适值太平天国战争，因此受教育不多。但是，赵继和十分勤奋好学，喜爱读古诗文，又很坚强，没有被艰难的童年生活击倒。他当过私塾教师，一边教书，还一边勤奋地自学医道，后来以行医为生。他治疗伤寒病的医术在当地小有名气。但是，在旧社会穷人不到病重是不会轻易就医的，而有钱人即使没什么病，也常找医生开点补药吃。赵医生为人耿直，没有疾病的阔人找上门来，他会发脾气，说："有病再来找我！我只医病，不管其他的。"穷苦的病人吃他的药虽然有效，但拿不出多少银钱。付得起重金的富人，他又不肯与他们周旋。这样一来，家境自然不会宽裕。好在祖上传下来少许田产，有一点收入，可以补贴家用。

由于当过私塾教师，后又在社会上行医，赵老先生比较了解当时中国社会的贫穷落后情况，以及民间疾苦。诸暨民性刚直，富有反压迫、反侵略精神。宋代的时候，就有农民起义于白塔湖。明时，百姓合力抗击倭寇。清咸丰、光绪时，诸暨民众先后组织莲蓬党和白旗党，参加太平军，响应义和团，抗击清军及外国侵略者。清末变革和革命的思想在绍兴、诸暨一带影响很大。赵老先生在清末也受到了一些新思想的影响，对中国积贫积弱的局面痛心疾首。他很想为国家做点事情，但苦于自己文化水平不高而感到力不从心。因此，他特别寄希望于子女能够有出息，实现自己的愿望。

这是一个乡村医生朴素而真实的想法，其中蕴含着炽热的民族情感，它深刻地影响着赵忠尧的人生道路。赵忠尧在其漫长的人生道路上，始终恪守父训，把祖国放在至高无上的位置，他晚年在《我的回忆》中这样写道："父亲早年自学医道，行医为生。他看到社会上贫穷落后、贫富不均的现象，常想为国出力，又感知识不足，力不从心。因此，他只望我努力读书，将来为国为民出力。"

赵忠尧在家排行老三，上面有两个姐姐。他出生的那年，母亲已经46岁了，可谓老年得子。而赵忠尧出生时，身体非常弱小，因此，父母亲对这个身体羸弱的小儿子更是小心翼翼，细心呵护。小时候，父母绝不让他出去玩耍，就连进了小学，也不许他上体操课，唯恐出了什么差错。因此，赵忠尧小时候虽然功课很好，可惜体操分数每次总是一个大圆圈。直至晚年，赵忠尧回忆起童年这段时光时还说："父母亲老年得子，又加我身体弱小，对我管教格外严厉。上小学时，父母不许我上体操课，我的体操成绩因此总是零分。到了中学，也从不让我参加爬山、游泳等活动，我从小只是体育场边的观众。50多岁时，我才迫切感到锻炼身体的需要，开始学游泳、滑冰，虽然晚了一些，仍然受益匪浅。"

由于父亲严厉的管教，童年时期的赵忠尧与外界联系很少。两个姐姐又都大他十几近二十岁，而且在他读小学时都已经出嫁了，大姐赵彩莲甚至嫁到 25 里以外的一个叫马家坞的乡下。历史上，诸暨城关镇一直是附近数县农副产品的集散地，小镇上店铺林立，各种商肆遍布全镇。可这些似乎与年幼的赵忠尧没有丝毫关系。好在懂事的小赵忠尧非常听从父亲的教导，脑海中充满着父亲教导的一些古代先哲名言，再加上西方的革新思想，一心努力读书，打好基础，将来好为国为民出力。他的懂事和顺利成长成了父母亲的骄傲。

诸暨文化昌盛，素有尊师重教的传统。唐初即已设学宫；元时，除县学外，尚有多所私塾；清末，全县有书院、学塾约 790 处，最著名的有明嘉靖十四年（1535）设立的紫山书院、清乾隆二十六年（1761）设立的毓秀书院、清道光六年（1826）设立的翊志书院、清光绪十二年（1886）设立的邑城义塾等，都在城关镇。历代科举人才众多。其后，兴办新式学堂亦得风气之先。民国初期，小学已遍及各村，中学为数不少。诸暨民风崇尚争先。特别是不论贫富，均喜子女读书识字，获取功名。是故诸暨代有尊师重教之风，崇尚耕读传家。在这个文化积淀极深的江南小城，"耕读传家"是一种至高无上的传统美德。被这种文化氛围浸润、自身又坚定执着的赵继和，自然对赵忠尧寄予了莫大的希望，希望他能多读些书，日后成为对社会有用的人。

　　由于父亲严厉的管教以及尚学风气的影响，加上与外界接触少，年幼的赵忠尧只能在家里读书。好在赵忠尧喜欢读书，便形成了良好的读书习惯。可以说，赵忠尧的童年生活是在尊儒读经等传统教育方式中度过的。

　　那时的学习，背诵是个基本功，而背古诗文成了赵忠尧童年生活的重要部分。那些韵律优美、朗朗上口的诗歌，引起了赵忠尧浓厚的兴趣。在这方面，赵忠尧表现得特别早慧，有着超出一般儿童的强烈的求知欲，课堂的作业早已不能满足他的需要。因此，赵忠尧在课外读了大量优秀诗歌、散文。他不仅能背，而且能写出属对工整、含义深刻的古体诗或近体诗。他还读了很多古今小说，古代侠义、神魔、言情、历史演义各类小说均有所涉猎。他从中不但学到了历史知识，提高了国文水平，而且还受到了传统的道德教育。正因如此，到中学的时候，他的国文成绩已经大大超出了同年级学生的水平，以至于国文老师不得不给他布置一些额外的古文来读。多年之后，赵忠尧回忆起这段经历时，还感叹自己当年在古文诗书方面的成绩，并说"可惜以后未能在这方面进一步深入"。但无论如何，赵忠尧在传统文化中汲取了人格成长所需的思想和文化营养。

二　时代变革的影响

　　除了父母亲以及周边环境，对赵忠尧的成长产生根本性的影响，主要源于那个大变革的时代，而其中影响最大的，无疑是当时的科举考试制度的废除，以及教育体系和教育内容的变革。

　　在中国传统文化中，科举制度起着极其重要的作用，其为维护封建政治秩序和礼治秩序服务，牵动着整个社会的神经，决定着学术风气和社会风气的走向。到近代，随着科技教育的发展，传统教育体制逐步被打破，社会政治、经济、文化的变革也由此不断深入。正是在赵忠尧出生后的第四年，即光绪三十一年（1905），科举考试制度被正式废除，从此，科技教育开始兴起，由此从根本上影响了赵忠尧的人生历程。因而，我们有必要对这一历史变革以及教育体系和内容的变革做一简要回顾。

　　关于科举制度的变革及其影响，还得要追溯到一个多世纪前的中国社会的变革。

　　早在鸦片战争时期，出于"师夷"以及与外国交涉的需要，一些引领风气之先的中国人就开始注意学龄前学习外国语言文字和西方科技。第二次鸦片战争后，外来势力和文化更强烈地冲击中国，于是，"自强""求富"成了一些先进人士的普遍呼声。这种新的社会需要不可能由旧的教育体制来满足，从而推动着国人对西方近代科技教育及其规律认识的深入。如奕䜣上奏说："因思洋人制造机器、火器等件，以及行船、行军，无一不自天文、算学中来……即延聘西人在馆教习，务期天文、算学均能洞彻根源。"后又指出："盖西人制器之法，元不由度数而生，今中国议欲讲求制造轮船、机器诸法，苟不藉西士为先导，俾讲明机巧之原、制作之本，窃恐师心自用，徒费钱粮，仍无裨于实际。"于是要求在同文馆里设立天文、算学馆。这是近代中国科技教育的最初突破口。

天文、算学在中国官方学堂的开设，为中国科技教育打开了缺口。嗣后，各种实用急需的科技教育随之涌现。由于外敌火轮兵船由南往北直趋天津，中国海防形同虚设，于是奏议"欲防海之害而收其利，非整理水师不可；欲整理水师，非设局监造轮船不可"，要求设立学校，学习造船技术；由于洋务事业的兴办和开展，又要求设立学校，学习西方的军事工程、制造工艺、民用工艺；又由于"用兵之道，必以神速为贵，是以泰西各国于讲求枪炮之外，水路则有快轮船，陆路则有火轮车……而数万里海洋，欲通军信，则又有电报之法"，于是又奏设电报学堂，如此等等，各种实用技术教育纷纷兴起，推动了科学教育领域的发展。

1923 年冬，赵忠尧（左二）与南京高等师范学校同学合影

科技教育的兴办冲击了旧的科举制度。自从京师同文馆招选满汉子弟，延请西师，沿海地区无不兼设学堂，风气日开，人才蔚起。虽然一切都还有很大局限，但已成为当时中国的重要教育现象。是否仍按原来的八股取士，如何给这些接受新教育的学生以名分，已成为时人关注的热门话题。

在这种情况下，一些洋务官僚及有关机构开始努力变通科举制。1887 年，李鸿章奏议："臣愚以为科目即不能骤变，时文即不能遽废，而小楷试帖，太蹈虚饰，甚非作养人才之道。似应于考试功令稍加变通，另开洋务进取一格，以资造就。"次年，负责科考的礼部也奏请"特开算学一科，诱掖而奖进之"。1887 年，江南道监察御史陈秀莹上奏要求"各省学臣于考试经古外，加试算学"。同年，总理衙门正式会议算学取士及其办法："俟乡试之年，按册咨取赴总理衙门；试以格物测算及机器制造、水陆军法、船炮水雷，或公法条约、各国史事诸题，择其明通者录送顺天乡试，不分满、合、贝、皿等字号，如人数在二十名以上，统于卷面加印'算学'字样，与通场士子一同试以诗、文、策问。"1888 年，顺天乡试从 32 名报考算学者中录取举人 1 名，这是中国有史以来第一次正式中西学同考。

洋务科技教育的兴起，特别是科学渗入科举考试现象的出现，使传统教育体制打开了一个缺口，传统依附于八股科举制度的功名价值观也受到了冲击。

1895 年，中国在甲午战争中战败，是中国近代史的重要转折点。

甲午战败之刺激及洋务科技教育缺陷的暴露，使一些人开始认识到发展科技教育之最大障碍在于八股科举制。康有为、谭嗣同、严复等从各种角度分析八股科举之弊处。严复痛斥八股有三大祸害，即"锢智慧""坏心术""滋游手"，认为这其中任何一害，都足以亡国，"其为祸也，始于学术，终于国家"。那么，救亡之道在哪里呢？严复明确指出："痛除八股而大讲西学。"1898 年，张之洞也在《劝学篇》中指出，必须变革科举，给学西学之人以"进身之阶"，否则真正人才难以擢拔。

在这种情况下，科考制在洋务时期增设算学科之后，再一次发生重大变革，增设经济特科和改试策论。1898 年 1 月 27 日，上谕宣布："至岁举既定年限，各该督抚、学政务将新增算学、艺学各书院学堂切实经理，随时督饬院长、教习，认真训迪，精益求精。该生监等亦当思经济一科与制艺取士并重。"7 月，总理衙门讨论制定特科章程，要求特科考试以务实为主："有著述成编及有器艺可以呈验者，一概随同咨送，以备察验。其由各省船政、制造、矿冶、铁路、水师、陆军诸局出身者，并将其曾经所著实效，切实声明，咨由臣衙门办理。"这无疑是从务虚向务实的重大转变。1898 年 6 月，礼部议定了乡会各试的详细章程，决定改试策论。规定乡会各试分三场，其中"第二场策题五道，凡西学中天文、地理、学校、财赋、兵制、商务、公法、刑律，以及格致、制造、声光、化电等类"，由此实现了科技考试与科举考试并举，推动了科技教育的新发展。

在科举制度得到进一步变革的情况下，科技教育得到更快的推广和实施。第一，旧书院纷纷变通与改革，增加科技教育的内容。第二，改书院为学堂，科技教育开始进入中小学。第三，各类新式学堂相继创办，科技教育逐步走向系统化：一是大学堂开始建立；二是新式中等学堂遍布全国，大多重分类教学，强调工艺、农政、商务等；三是各类农、工、商、矿等实业学堂纷纷兴起。

这一时期科技教育发展较快，与洋务时期相比，已突破了原来范围的狭隘性、专业的单调性、层次的单一性，开始走向全国性和系统性。教育制度上，1902年通过了《钦定学堂章程》（壬寅学制），1903年又通过了《奏定学堂章程》（癸卯学制）。教学内容上，从小学、中学的初级水平到大学的高等水平都较齐全，学科也较全面，不是仅仅局限在短期实用上，如京师大学堂设的十个学科，可以说是真正高等教育的开始。教学要求上，也不仅仅要求了解某种技术，而且要求穷理研究。如梁启超在为湖南时务堂所制定的十条"学约总纲"中，规定学西学科技的方法，就是一要读书，"读万国之书"，二要穷理，深入钻研，为"他日创新法、制新器、辟新学"打下基础。

1905年正式宣布废除科举制，并奖励学堂出身，此乃中国近代教育史上一项重大举措，也是科技教育的崭新开端。1905年中央设学部。1906年各省裁撤学政，改设提学司，统辖全省学务，同年宣布新教育宗旨："推行普通教育，凡中小学堂所用之教科书，宜取浅近之理与切实可行之事以训谕生徒，修身、国文、算术等科皆举其易知易从者勖之以实行，课之以实用；

其他格致、图画、手工皆当视为重要科目，以期发达实科学派。"这一新教育宗旨体现了科举制废除后的重大教育转向，就是从八股空谈玄虚中走出来，开始向尚实方向发展。

这一时期清政府颁布了各类学校的章程，对科技教育及其程度都有明确规定。如1904年《钦定初等小学堂章程》规定小学要学算术，"使知日用之计算"；要学格致，"使知动植物矿物之大概形象质性，并各物与人之关系"。同时公布的《钦定高等小学堂章程》也规定要学算术和格致，但程度和要求都更高了。从章程比较看，1903年癸卯旧章规定小学读算术、格致，而后来颁布的一些小学堂章程却没有规定必设格致课，但实际上大多小学仍开设格致课。如上海南洋公学附小，一、二年级格致课学博物，三、四年级格致课学理化、生理卫生。又如1908年统计的浙江松阳县共16所小学全部设有格致课。这反映了科技教育在当时的小学已成风气和制度。

1902年《钦定中学堂章程》规定，中学必须学算学、博物、物理、化学，并进一步规定算学要学运算、代数、数理、几何、三角，博物要学植物、动物、生理、卫生、矿物，物理要讲物理总纲、力学、音学、热学、光学、电磁学，化学要讲无机化学、有机化学等。1909年开始，中学堂课程还分文科和实科，实科包括格致科、农科、工科和医科等。中学科技教育大多能照章执行，不像以前那样有名无实。主要因科举制已废，科考功名之途已断，入学堂学习已成风气，同时一批受过科技教育的毕业生已成为这时中小学堂的重要教员。如宣统元年对直隶全省中学堂的调查显示，32 所中学堂所有科目皆能按章施行，科目齐全，教员大多也经专业学习，有的还聘请了外籍教员。当然也有不合规格的，如对河南全省 21 所中学堂调查发现，能遵章设科技科目的只有 12 所，其余 9 所学科都不全，所缺的大多是博物、理化等科学学科。

高等学堂（相当于大学预科）和大学堂是科举废除后发展较快的一部分，也是承担科技教育的主要正规力量。1904 年《奏定高等学堂章程》规定，高等学堂分三类，第一类为预入经学科、政法科、文学科、商科等大学者治之，第二类为预入格致科、工科、农科者治之，第三类为预入医科大学者治之。后两类中，算术、物理、化学等皆为主干课程，且修动植物、测量等课。1904 年学部颁布《奏定大学堂章程》，此为中国近代第一个学习近代科技的大学课程标准。清政府一改此前缺乏这方面教学指导的状况，参照日本、欧美各国教育状况及课程设置，提出了这一全面而系统的科技课程标准。它规定医科大学分医学、药学二门，格致科大学分算学、星学、物理学、化学、动植物学、地质学六门，农科大学分农学、农艺化学、林学、兽医学四门，工科大学分土木工学、机器工学、造船学、造兵器学、电气学、建筑学、应用化学、火药学、采矿及冶金学九门。各门都有详细的课程、实验、书籍等规定。所规定的学科共四百余种，有很多学科是第一次出现。

至此，无论小学、中学、大学，科技教育已有一套比较完善的体制，现代科技教育体制的雏形已形成。

在我国漫长的封建社会中，儒家经学一直是封建文化的主体。儒家经典在封建社会中长期传播，崇奉勿替，历代封建地主阶级知识分子和官僚对儒家经典加以阐发和议论，形成"经学"。唯经是从，唯上是听，是封建时代历久不变的思想准则。这一经学体系随着科举考试制度的废除而逐渐式微。

　　1902 年出生的赵忠尧正好面临着一个崭新的时代。这时期的人们第一次摆脱了原来读书成名，背四书五经、考科举的人生怪圈，开始走向读新式学问，考小学、中学、大学的人生旅程。也许年幼的赵忠尧并没有感觉这种时代变革对他的人生影响，但是，一个影响中国核物理事业命运的科学家，一个核物理研究的先驱者和奠基人，却正从这种时代变革中开始了他的人生。

三　文理科并重的中学生

　　1916 年，15 岁的赵忠尧正是在中国已经完成教育制度大变革的背景下，进入诸暨县立中学读书的。

　　诸暨县立中学的前身是清乾隆二十六年（1761）设立的毓秀书院。1912 年 3 月，边甘堂等乡绅不受束脩，将城关的毓秀校仕馆（原毓秀书院）改办为诸暨县立中学校，边甘棠为首任校长，学制四年。1914 年建新厦两幢，是年改为秋季招生。1918 年又建新舍，学校初具规模。该学校的教师多数毕业于国内外大学，且能"热心学务，力事改革"，学校办得较好，1919 年被浙江省教育厅称誉为"按最新之学理组织者也"。该学校的毕业生多数考入大学及高等师范，不少人出国留洋，成了一代名家。学生学习勤奋，师生关心国事。1915 年参加反对袁世凯卖国称帝的罢课、集会和示威游行，成立学生爱国会，搜查、焚毁日货。五四运动时期，学校在诸暨率先推行白话文。1919 年签订《巴黎和约》丧权辱国之时，该校学生在县内聚会游行，促成社会运动。1921 年又发起"洗雪国耻游行大会"。1922 年，该校改为招收三年制新生。1925 年，学校改为县立初级中学。

可见，诸暨县立中学不仅是当时体现"最新之学~~
而且也是引领社会进步思想之处。

进入这所中学后，由于学习环境的变化以及学校的要求，
赵忠尧更是如饥似渴地读书，学习兴趣很广，文科和理科方面
的功课他都同样重视。由于小学期间赵忠尧读了很多古诗文，
国文功底比较好，因此，他延续了这方面的兴趣。如按花费时
间来说，他在国文课上花的工夫最多，国文老师因此特别喜欢他。
这样就形成了一种良性循环，他的国文水平就提高得更快。国
文老师发现赵忠尧在这方面水平超出了同年级同学，因此极为
重视培养他这方面的学习能力，时常给他开小灶，额外布置他
读一些古文，并且专门予以个别辅导。赵忠尧又特别听老师的话，
凡有布置，必然一一完成。

国文的学习在当时的中国有深远的历史传统，喜欢或善于
学习的学生一般都会在这方面发展。但是，在 20 世纪初期，刚
刚从西方传播进来的近代自然科学却是一些很难学又远未普及
的学科，因此，学生大多不喜欢学，出现重文轻理的倾向。学
者简贯三曾揭示了五四时期存在严重的重文轻理的倾向，他说：

> 五四时代，时髦的学者教授们，多半闭口哲学，
> 开口文学。《红楼梦》忽走红运，易卜生立地成佛，
> 杜威哲学成为家常便饭，哲学新著的三部曲（胡适之
> 先生的《中国哲学史大纲》上卷、梁任公先生的《先
> 秦政治思想史》、梁漱溟先生的《东西方文化及其哲

学》），在古老的文化城大出风头。当时虽说有人高呼"拥护赛先生"，但是言之谆谆，听之藐藐，赛先生只得呼一声"倒霉"而去。"文哲"为什么像热包子刚刚出笼受人欢迎，科学——特别是自然科学，为什么像一副鬼脸子受人冷视？简单的原因，提倡新文化的公子哥儿们，多钟情于文学、哲学，而文学、哲学又似乎比自然科学容易恋爱，所以面目冷酷、专讲定理的自然科学在当时没有和文学、哲学争锋的资格。即使偶尔想变变口味去照顾一下科学，不过是名义上借用科学方法，而研究的对象依然是故纸篓里的东西，所谓自然现象还是孤零零地没人问津。你看："花儿、月儿"的新诗，"蔚蓝的天空"一类的小说，似乎美不胜收，可是"自然科学的创作"就寥若晨星。

这里讲的虽然是上层思想界，但反映的却是当时社会的实际情况。然而，在这种重文轻理的时尚下，赵忠尧却是个例外。他对数学、物理和化学这些新式学问，都很有兴趣，也非常爱深究其中的道理，特别对物理、化学的实验产生了浓厚的兴趣。强烈的求新学的欲望，使他成为一名理科也极其优秀的学生。他晚年回忆起中学这段时光时就说，相对于国文而言，"数理化等科目中的科学道理，更能吸引我的求知欲望"。在当时这种情形下，能够把握住自己，找准自己的位置，无疑是一个聪明而有远见的学生。事实也正是如此，由于他的学习成绩优秀，一年以后就享受了免收学费的待遇。

不过，中学时代，对身体瘦小的赵忠尧，父母仍然管得很严，他的体育课仍然不好。体操课虽已不再拿零分，上半堂课能够和大家一起操练步伐，但到下半堂课分散活动时，他仍然宁可当个观众。对于当时身边同学们特别喜爱的游泳，父母更是绝对不允许的，就连仅限于在本县爬爬山的远足，也不让去。而当时，一些外地来的男孩离开了父母亲的管教，就像是出笼的小鸟，玩得特疯，令赵忠尧好生羡慕。有时他自作主张，和同学们一起去远足，但是，回家后总是要挨骂。事情总是有两个方面，玩的时间少了，对于懂事好学的赵忠尧来讲，却是多出了更多的读书时间，特别是有机会更好地发展对理科的钻研。因此，当他四年之后从中学毕业时，已经具备了向更高学府深造的良好基础。赵忠尧在学习中脱颖而出，父母和老师都极力主张他毕业以后一定要出国深造。

华教育文化基金董事会的简称，成立于 1924 年 9 月，第一届董事会由中、美董事 15 人组成（其中美国董事占三分之一）。该会负责接收与保管美国第二次退回的庚款余额，并"使用该款于促进中国教育及文化事业"。1925 年 6 月，中基会就该会之宗旨做出如下宣言：

> 兹决议美国所退还之赔款，委托于中华教育文化基金董事会管理者，应用以：一、发展科学知识，及此项知识适于中国情形之应用，其道在增进技术教育、科学之研究、试验与表证，及科学教学法之训练；二、促进有永久性质之文化事业，如图书馆之类。

中基会的科学事业自始即以自然科学为主，而自然科学事业又以科技教育事业为核心。中基会干事处曾明确规定教育事业的范围：

> 一、科学研究，包括物理、化学、生物、地学、天文气象学。
> 二、科学应用，包括农、工、医科。
> 三、科学教育，包括科学教学、教育科学之研究。

中基会在这种宗旨和要求下，做了大量推进科技教育的工作。一是培养师资以改进教学，包括设立科学教席，举办暑期前面已经提到，当时社会上的风气仍然是重文轻理，走理科之路有没有前途？不确定。但赵忠尧冲破了这种风气，真正地完成了人生第一次重要的选择。实际上后来可以看到，这一选择不仅符合形势发展，而且适合他自身发展的方向。

我们知道，由于科技的发展及中国社会的需要，近代中国已经逐步形成一个颇具规模的从文史领域向科技领域进军的文化迁移现象，以至成为20世纪二三十年代中国社会文化发展中值得关注的一个重要现象。这一现象的形成与当时欧美文化的影响是紧密相关的。

首先，体现在中国留学生的政策及其影响上。中国留学生在晚清时期主要是去日本留学，且以学习人文社会科学为主。而随着国内社会变革的需要以及科学救国思潮的兴起，大批中国留学生长途跋涉转向欧美学习自然科学。特别是1908年，美国第一次退还庚子赔款余额用以办理留学事业及日后的清华学校。庚款留美学生原则上规定应以80%学理工及应用科学，20%修习社会科学。到1930年，国民政府甚至规定每次所遣留学生名额中，理、农、工（包括建筑）、医至少应占总数的70%。有数字统计，1854—1953年一个世纪内中国仅留美学生达2.1万人。这些学习科技的留学生回国后涉足教育、科研机构及工业领域，成为中国科技学术界的主力军。我们从《中国现代科学家传记》所统计的数百名科学家中可以看到，80%以上是留学回国人员，并在国外获得各类学位。

其二，中基会的成立对中国科学教育的推进。中基会即中

青年时期的赵忠尧

　　而到南京高师读书是完全免费的。因此，赵忠尧顺从了父亲的意见后，父亲很满意，似乎觉得自己的任务已经完成。而对于赵忠尧自己来说，还有另外一个更重要的选择，那就是究竟报考什么志愿，而这其实是对日后的影响更大的事情。当时，南京高师就有两个学部，一个是文史地部，一个是数理化部。可以说两者都很适合赵忠尧。赵忠尧自己权衡再三，最后第一志愿是数理化部，第二志愿填了文史地部。

　　选择数理化部，对于赵忠尧来说，在当时是具有挑战性的。

四 人生第一次重要选择

中学即将毕业的时候，赵忠尧面临第一次重要的人生选择。由于学习成绩优秀，出去深造是学校、老师、家庭和他自己的共同认识。但是，到哪里去深造呢？当时摆在赵忠尧面前的有三所高等学校可供他选择：一是南京高等师范学校，这个学校完全免费，但是最为难考；二是浙江工业专门学校，该学校是自费学校，比较容易考；还有一个法政专门学校，收费较多，但最容易考。在这三个选择中，赵忠尧不想学政法，自然不想去考法政学校。依照他本人的意思，最好是同时报考南京高师和浙江工专。但是，父亲仍然出于对赵忠尧身体弱小等多方面的考虑，不赞成儿子去学工，他力主儿子去念培养中小学教员的南京高师。赵忠尧最后还是顺从了父亲的意愿，报考了南京高师。

其实，顺从父亲旨意报考南京高师，并不意味着赵忠尧这一时期人生选择的完成。父亲要求儿子报考南京高师，更多的是从本能地保护儿子的角度，以后当一个中小学教员，不会受太多的苦，工作比较稳定，又受人尊敬。特别是家境并不好，

三 文理科并重的中学生

1916 年，15 岁的赵忠尧正是在中国已经完成教育制度大变革的背景下，进入诸暨县立中学读书的。

诸暨县立中学的前身是清乾隆二十六年（1761）设立的毓秀书院。1912 年 3 月，边甘堂等乡绅不受束脩，将城关的毓秀校仕馆（原毓秀书院）改办为诸暨县立中学校，边甘棠为首任校长，学制四年。1914 年建新厦两幢，是年改为秋季招生。1918 年又建新舍，学校初具规模。该学校的教师多数毕业于国内外大学，且能"热心学务，力事改革"，学校办得较好，1919 年被浙江省教育厅称誉为"按最新之学理组织者也"。该学校的毕业生多数考入大学及高等师范，不少人出国留洋，成了一代名家。学生学习勤奋，师生关心国事。1915 年参加反对袁世凯卖国称帝的罢课、集会和示威游行，成立学生爱国会，搜查、焚毁日货。五四运动时期，学校在诸暨率先推行白话文。1919 年签订《巴黎和约》丧权辱国之时，该校学生在县内聚会游行，促成社会运动。1921 年又发起"洗雪国耻游行大会"。1922 年，该校改为招收三年制新生。1925 年，学校改为县立初级中学。

可见，诸暨县立中学不仅是当时体现"最新之学理"的地方，而且也是引领社会进步思想之处。

进入这所中学后，由于学习环境的变化以及学校的要求，赵忠尧更是如饥似渴地读书，学习兴趣很广，文科和理科方面的功课他都同样重视。由于小学期间赵忠尧读了很多古诗文，国文功底比较好，因此，他延续了这方面的兴趣。如按花费时间来说，他在国文课上花的工夫最多，国文老师因此特别喜欢他。这样就形成了一种良性循环，他的国文水平就提高得更快。国文老师发现赵忠尧在这方面水平超出了同年级同学，因此极为重视培养他这方面的学习能力，时常给他开小灶，额外布置他读一些古文，并且专门予以个别辅导。赵忠尧又特别听老师的话，凡有布置，必然一一完成。

国文的学习在当时的中国有深远的历史传统，喜欢或善于学习的学生一般都会在这方面发展。但是，在 20 世纪初期，刚刚从西方传播进来的近代自然科学却是一些很难学又远未普及的学科，因此，学生大多不喜欢学，出现重文轻理的倾向。学者简贯三曾揭示了五四时期存在严重的重文轻理的倾向，他说：

> 五四时代，时髦的学者教授们，多半闭口哲学，开口文学。《红楼梦》忽走红运，易卜生立地成佛，杜威哲学成为家常便饭，哲学新著的三部曲（胡适之先生的《中国哲学史大纲》上卷、梁任公先生的《先秦政治思想史》、梁漱溟先生的《东西方文化及其哲

研究会与补习班；二是设立科学教育顾问委员会和编译委员会，编译科学教科书；三是充实实验设备以促进研究。这些工作取得了良好的成效。如在设立科学教席方面，1926—1936年间，中基会共设立了161座教席，其中有44位教授，全都有海外留学经历，尤以留美者为多。这些科学教席为培养中学师资，推动中学科学教育的改良做出了突出贡献。1932年，中基会曾总结说："在此过去六年中，本会对于接受教席之学校，除各教授六年薪俸不计外，每一教席例得补助设备费一万元，于学校之学科设施，不无相当影响，故六年来，虽值政府教育经费短缺之际，而各教授赖此补助，犹能树立实验设备之基础，照常安心授课指导，并以余力施行研究。……其设备基础及教学精神，将于吾国科学教育之前途，发生永久功效：此吾人所可断言也。"又如教材编译方面，虽未完全达到预期效果，但在数学、物理、化学、地学等学科的教材建设方面都取得较大的成果。再如实验设备方面，中基会于1926年即开始补助地学院校的理科设备，至抗战前共计补助了36所大学院校。

其三，在欧美文化的影响下，国内的学校教育也逐步向科技领域倾斜和转移。1929年国民政府公布的《中华民国教育宗旨及其实施方针》甚至规定："大学及专门教育，必须注重实用科学，充实科学内容，养成专门知识技能。"1931年6月，国民政府行政院公布的《确定教育设施趋向案》又提出："大学教育以注重自然科学及实用科学为原则。"1933年开始，国民政府更直接限制文科的招生人数，以鼓励更多的学生学习自然科学和工科。

国内科技教育的实践充分反映了这一文化迁移。就大学而言,20世纪二三十年代中国大学理科教育发展可分为两个阶段,1922年至1927年,南京国民政府成立之前属于第一阶段。这一时期大学理科教育还很落后,虽然新学制颁布后,全国不少单科专科学校和高等师范学校纷纷改为大学,以至全国公私立大学从1922年的19所激增至1928年的74所,但多名不副实。而到了第二个阶段,即南京国民政府成立以后,情况发生了重大的变化。1929年7月,国民政府颁布了《大学组织法》《专科学校组织法》。当年8月,教育部颁布了《大学规程》,两年后又颁布了《专科学校规程》。据此,高等教育机构分为大学、独立学院与专科学校三种。大学内分文、理、法、教育、农、工、商、医八个学院。凡称为大学者,必须同时设立三个学院以上,且三个学院中必须有一个学院为理学院或农、工、医学院之一;不满三个学院者,只能称为独立学院,不能称大学。这样,大学得到了清理并走上了规范。

总之,后来中国政府的教育政策和社会土壤一度非常适合自然科学的发展,也适合科技人才的成长。正是处在这样的历史变动中,赵忠尧成为中国创办最早的四所高等师范学校之一——南京高等师范学校的一名学生。更让赵忠尧自己也没有想到而更具有长远影响的是,他已经一脚踏进了"中国自然科学的发祥地"。

五 一脚踏进"中国自然科学的发祥地"

　　1920 年，19 岁的赵忠尧顺利地进入了南京高等师范学校的数理化部学习。

　　南京高等师范学校的前身是三江师范学堂。19 世纪末，清王朝闭关锁国，积弱积贫，欧美列强的坚船利炮轰开了"天朝大国"之门，同时也轰醒了中国人民救亡图存、变革自强的意识。"御外侮而欲求强，为求强而欲变革"的呼声日高，"废科举，兴学校"，不拘一格育人才，更成为维新变法的重要举措。三江师范学堂就是在这举国上下求强思变的潮流中应运而生的。1902 年 5 月 30 日，两江总督刘坤一向清廷上奏《筹办学堂折》，呈请在两江总督署江宁（即南京）办一师范学堂。不久，刘坤一病逝，张之洞继任两江总督，上奏《创办三江师范学堂折》，力主"先办一大师范学堂，以为学务全局之纲领，则目前之力甚约，而日后发展其广"。他还开具了办学的具体计划，在总督府下设立两江学务处，筹划并管理办学事宜。同时委派翰林院编修缪荃孙率员赴日本考察教育，随后又聘请缪荃孙为三江师范学堂总稽查，负责筹建三江师范学堂。其时两江总督府兼辖江苏、安徽、江西三省，"三江"即江苏、安徽、江西三省之简称。

1903 年 9 月，三江师范学堂正式开学。学校充分体现张之洞"中学为体，西学为用"的思想。教员一部分聘请举贡廪增出身的中国学者，担任修身、史地、文学、算学等课的教学；另一部分是从日本聘来的菊花镰次郎等 11 位"教习"，讲授物理、化学、博物、生理、农学、图画、教育学等课程。1905 年，校名"三江"改为"两江"。

1914 年，江苏各省立学校校长联名要求在两江师范学堂"设立高等师范学校"，江苏省巡按使韩国钧批复："查南京高等师范学校，去年叠奉部文，准就两江师范学校校舍改设。"两江师范学堂得以改设，成为南京高等师范学校。李瑞清以"视教育若生命，学校若家庭，学生为子弟"自勉，主持校务，多有建树。他尊崇国学，又提倡科学，将原来的博物科改为农业博物科，要求学生兼习农科，并强调务农实践。李瑞清还倡导崇实务本的学风，以"嚼得菜根，做得大事"作为校训，"俭朴、勤奋、诚笃"为校风，成绩列江南各高等学堂之冠。三江、两江师范学堂毕业学生约两千人，其中有著名科学家秉志、国学大师胡小石、美术教育家吕凤子等。从三江师范到南京高师，有一个重要的特点和传统，就是重视培养学生的动手能力，这一点在以后的发展中对赵忠尧有着重要的影响。

1915 年 9 月，南京高等师范学校正式开学。经北洋政府批准，原江苏省教育司司长江谦被任命为校长。该校招收国文、理化两部预科各一级、国文专修科一级。它与北京高师、武昌高师、广州高师一起，成为我国创办最早的四所高等师范学校。

1919 年 9 月，留美博士郭秉文继任该校校长。作为近代中国最著名的教育家之一，他实施"训育、智育、体育"的"三育并举"和"通才与专才平衡，人文与科学平衡，师资与设备平衡，国内与国外平衡"的"四个平衡"的办学方针。他倡导"严谨求实"的学风，要求学生养成如"钟山之崇高，玄武之深静，大江之雄毅"的国士风范。

赵忠尧进校之时，正是南京高师发展的鼎盛时期。1920 年秋进入数理化部就读时，南京高师正在扩建为东南大学。就在这一年 4 月，郭秉文又提议筹建国立大学。9 月 25 日，张謇、蔡元培、蒋梦麟、黄炎培、郭秉文等 10 人联名上书教育部，"拟就南京高等师范学校校址及南洋劝业会旧址，建设南京大学，以宏造就"。同年 11 月，教育部函复张謇等人，初步同意以南京高师之教育、农、工、商四专修科改归大学，各本科仍由南京高师继续办理。12 月 7 日，经北洋政府国务会议正式通过，定名为国立东南大学。

1921 年 10 月，东南大学正式成立并开始上课。东南大学成立后，南京高师仍然存在，郭秉文任东南大学校长，同时兼任南京高师校长。只不过南京高师自 1921 年起不再招生，俟其学生全部毕业后即并入东大。赵忠尧正是南京高师的最后一届学生，但已经开始跟随东南大学建制的分科学习。

从三江、两江，到南高、东大，这所旨在培养中小学教员的师范学堂，已经发展成为一所根据现代科学体系和欧美大学模式构建的多学科综合大学，办学思想也焕然一新，既继承了三江、两江办学中救亡图存、振兴民族的理想，又摒弃了原来强调"中体西用"、一味模仿日本的方针，在经受五四洗礼和师法欧美高等教育过程中，形成了一种以科学精神与民族精神相结合的新的办学理念。正如郭秉文校长所强调的："不发扬民族精神，无以救亡图存；非振兴科学，不足以安邦立国。"这种办学思想非常有利于适应时代人才的成长。

南京高师和东南大学在办学中还特别重视延聘硕彦俊秀以为师资。当时任燕京大学校长的司徒雷登就曾说，郭秉文先生"延揽了五十位留学生，每一位都精通他所教的学科"。在南京高师和东南大学任教的，不是宿学名儒，就是海外学成归来的博士、硕士，一时俊才云集，高标士林。他们"不为燥湿轻重，不为穷达易节"，独"秉持士林气节，保持朴茂学风"，耻于奔竞而重学乐教，使南京高师、东南大学声誉鹊起，时人遂有"北大以文史哲著称，东大以科学名世"之赞。

特别要指出的是，成立于美国的中国科学社的主要发起人任鸿隽、秉志、过探先、胡刚复、杨杏佛、竺可桢等，先后受聘来校执教。科学社1918年自美迁回中国，社址就设在南高校园内，因而南高、东大不但被人们誉为"中国自然科学的发祥地"，而且在国际教育、科技界也影响日广。国际教育会东方部主任、美国卡内基基金会代表孟禄博士多次考察东大后认为，东南大学是"中国最有发展前途的大学""将来之发达，可与英国牛津、剑桥两大学相颉颃”。

南京高师和东南大学的自然科学氛围很浓厚，坚定了赵忠尧修学数理化的信念。在进入南京高师数理化部以后，赵忠尧就把精力集中在专业方面。南高的数、理、化原本是不分系的，入学后不久，按照东南大学的建制，开始分系。数、理、化三系均属于当时的文理科，此外还有农、工、商等科。按照东南大学的要求，每个学生都要选择一个系。而在南京高师读书期间，赵忠尧最突出的一个特点就是各门功课都全面发展。但是，他最终选择了化学系。为什么选择文理科的化学系？原因很简单，他认为科学实验很重要，而化学系实验机会多，可以获得较多动手做科学实验的机会，加之当时化学系有孙洪芬、张子高、王季梁等诸位教授，师资力量较强，教书又十分认真。

选系是当时中国的一项重要的学制改革，也反映了当时学科专业理念开始形成，这些都深深地影响了当时的高等教育，也影响着当时赵忠尧这些学生。

学制和教育改革是近代中国人一直在探索的一个问题，但此前一直未能形成一个较为定型的学制系统。而这一过程直到20世纪20年代才出现了新的变化，一种新的取法美国的学制系统形成，并且在科技教育发展中起着重要的作用。

新文化运动以后，中国的学术界、科学界和教育界再次掀起学习西方的热潮，而其取法的中心则从以前的日本、德国转向美国。经过新文化运动的洗礼，主张反对封建专制，提倡个性解放、人格独立的中国知识分子，开始对美国式的多层次、多系统、多渠道办学的灵活的学校制度充满向往，对更注重教育的实用性，并与生产领域及社会生活密切结合的美国式教育产生了共鸣，而对以日本、德国教育体制为蓝本的、学制高度划一的现行"壬子—癸丑学制"进行了反思，并开始了改革实践。中国新一轮的学制改革势在必行。

就在赵忠尧入学的第三年，即 1922 年，新学制——壬戌学制正式颁布。在有关中国教育史的研究中，一般都对这一次的学制改革予以了关注。但是这次学制改革对中国现代科学教育产生了什么样的影响，有待我们进一步深入研究。其实，这次学制改革对于科学教育的发展而言，是极为关键的一步。首先，新学制第一次实行中等教育分科制，规定"高级中学分普通、农、工、商、师范、家事等科。但得斟酌地方情形，单设一科或兼设数科"。同时，"中等教育得用选科制"分科制和选科制的实行，有助于科学技术教育在中学普遍而有针对性地实施。如中学分普通科和职业科，其中普通科又分文、理两组，各以修满 150 学分毕业。文科组以学习文学和社会科学为主，但规定必须修一门自然科学或数学共 6 个学分。理科组以学习数学和自然科学为主，在数学的 22 个学分中有三角（3 学分）、几何（6学分）、代数（6 学分）、解析几何（3 学分）、用器画（4 学分）；自然科学在物理、化学、生物三门中选二门，各 6 个学分。文理科除必修课至少 34 个学分外，还有选修科；同时在公共必修课 64 个学分中，有一门必修的科学概论课 6 个学分。可见，中学对科学技术教育的要求和实施都已经较为具体。其次，根据新学制，大学取消了预科，这样有利于集中精力进行大学的学科专业教育和科学技术教育。新学制还规定，"大学校用选科制"，同时，"因学科及地方特别情形，得设专门学校。高级中学毕业生入之，修业三年以上"，"大学校及专门学校得附设专修科，修业年限不等（凡志愿修习某种学术或职业，而有相当程度者入之）"。与此同时，新学制还提出设大学院，作为"大学毕业及具有同等程度者研究之所，年限无定"。这些规定对于高等教育学术水平的提高以及新的科学技术教育和研究的开展等，无疑都有极其重要的推动作用。再次，建立了较完备的职业教育系统。新学制规定："依旧制设立之甲种实业学校，均改为职业学校或高级中学农工商科等。"这就用职业教育替代了清末民初的实业教育，这不仅在一定程度上适应了整个民族工商业发展对中初级技术人才和社会成员对继续教育的要求，更重要的是，它推进了科学技术教育在国民中的普及以及在社会中的应用。

由此可见，根据新学制，中国的科技教育已经逐步地开始与国际接轨，一定程度上反映了中国自近代以来科技发展的基本要求，也是前一阶段改革发展的综合成果，对于科学技术在中国的进一步发展有着重要意义。

壬戌学制是一个比较定型的学制系统。虽然在1928年第一次全国教育会议时，又在1922年新学制基础上重新制定了《中华民国学校系统》，但是正如一些研究者所指出的："如果将1928年制定的学制与1922年新学制相比，两者可谓萧规曹随。"同时《中华民国学校系统》还更明确地提出了"增高教育效率""提高学科标准"这两点学校系统原则。可见，1922 年新学制对科技教育的深远影响，它标志着科学教育体制现代转换的基本完成。

关于现代学科专业理念的确立，也影响着赵忠尧等最初进入现代大学的这些大学生们。

现代学科在中国形成的时间非常短暂，可以说是用了几十年的时间走过了西方几个世纪的历程，而其总体的步骤与西方却极其相似，也是在近代科学的发展基础上开始的。

在古代中国，没有严格的学科划分，中国传统的知识、学术在相当长的时期中都带有未分化的特点，诗、学、书、艺就概括了全部。特别是自汉代以后，经学不仅成为正统的意识形态，而且逐渐构成了主要的知识与学术领域。科举考试也不能离经叛道，对四书五经不能越雷池一步。尽管从现代学科分类的角度去考察以往学术，我们似乎也可以划分出不同的领域，但在其传统的形态下，这些领域只是被涵盖在经学之中。即使到清代，音韵学、训诂学、校勘学、金石学、地理学等具体领域的研究有了相当的发展，在某种程度上甚至出现了梁启超所谓"附庸蔚为大国"的格局，但就总体而言，它们仍从属于经学，而未能获得独立的学术品格。近代科学技术在中国的传播和发展，冲击中国社会文化及思想的同时，对中国的学科专业的新发展也产生了重大的影响。而中国知识划分史上的突破性标志就是各类学会的成立。特别是在中国科学社成立之后，各类专业性的科学学会大量出现，更是分清了自然知识和其他知识的界限，为此后学科的专门化奠定了基础。也即随着西学特别是科学东渐的凯歌行进和经学的终结，具有独立意义的学科，除了自然科学学科之外，诸如哲学、文学、经济学、社会学、人类学等，也逐渐分化出来。在 20 世纪，这些学科甚至开始走向成熟。

自 1922 年新学制颁布后，二三十年代中国各种新兴的教育机构和科学教育得到了发展，由此引发的社会转变更为这些新学科的出现打下了基础。科学研究的发展特别是科学研究在大学里的开展，一方面推动了知识生产的专业化，另一方面还进一步以科学研究的专业组织联结起了各地分散的学者。他们支持的期刊为有关学科提供了评估学科研究成果的途径，甚至能够在这些期刊上发表本身就是一种肯定性的评价。

可以说，20 世纪二三十年代中国科学的发展产生出一个全新的现象，那就是学科专业理念在中国的首次出现，学术独立和专业化程度大大提高，这令许多科学家感到欣喜不已。著名的物理学家吴有训说："在中国的学术现况下，大学主要工作的一种，自然是求学术的独立。所谓学术独立，简言之，可说是对于某一科学，不但能造就一般需要的专门学生，且能对该科领域之一部或数部，成就有意义的研究，结果为国际同行所公认，那末该一学科，可以称为独立。"

至于知识生产的专门化及期刊作为有关学科评估手段的问题，吴有训在清华大学建立 24 周年纪念日时，从学科独立角度就特别提到，比如清华大学除了发刊《清华学报》外，还有《理科报告》第一种与第二种。"《理科学报》发刊的原意在发表理工两院的研究成果，与外国相关的学术界通消息，所以发表的论文必须有点新东西。《理科报告》第一种专载关于数学、物理、化学及工程的论文，第二种专载关于生物及心理的论文。"

学科专业理念在中国的确立，这是具有重要意义的一件大事，因为中国的学术传统与西方的学术分科制度是截然不同的。中国传统学术以史学知识为主要内容，以历史叙事为主要的话语形态，不注重逻辑上的合理性。科举制要求举子掌握的辞章义理，通达古今之变、天人之际，无所不包，的确非常综合。而西方分科制度下的学术则表现为科学叙述，强调逻辑合理性。西方学术分科制度在中国的出现，对于中国的文化和学术发展无疑具有重大的变革作用。

新学制的建立以及学术分科的形成，推动了高等学校向现代大学的发展，更直接影响着此时进入大学学习的赵忠尧这一代学子们。

在知识分科以及学科专业理念确立的形势要求下，赵忠尧选择了化学系。但是，赵忠尧虽然选择了化学系，同时对物理、数学等课程同样学得非常认真，听讲、看书、做练习全都非常重视。特别是物理课，他学得非常好，这为日后转入物理学打下了基础。

由于赵忠尧来自县立中学，英文基础不如有些大城市来的学生，为了打好英文基础，他确实花了不少力气。高师一年级的物理课选用的教材是密立根（R.Millikan）和盖尔（Gale）两教授合编的英文物理课本"FIRST COURSE IN PHYSICS"。刚进大学时，赵忠尧对于物理课采用英文课本很不习惯，而一些市立中学来的同学在中学里就已经学过这个课本。赵忠尧边查字典边学习，很是吃力。好在聪慧好学的赵忠尧特别勤勉刻苦，经过艰苦的努力，仅仅过了一个多月，就渐渐能够适应新的环境和新的学习要求，不再为英文的物理课本发愁了，而且还始终保持优良的成绩，不但物理学得很好，英语也有了进步。当时，东南大学实行学分制，赵忠尧只用了三年半就提前达到了高师所需的学分。

1924 年春天，已经修满学分的赵忠尧一开始并没想离开南京高师，因为他还可以再念半年书。他喜欢念书，更喜欢南京高师充满智慧的校园，那里大师云集，学习氛围浓厚，因此，他很想继续进修本科课程。但此时，他父亲刚刚去世，经济上发生了一些困难，他决定先就业，同时争取进修机会。恰好这时浙江吴兴的湖州第三师范学校聘请他去当数理化教员，他于是欣然前往。

当时，全国各地为了适应新的形势和新的要求，纷纷办起师范学校，因为要推广科技教育，师范必须先行。但是，师范学校本身的教师却往往很成问题，湖州第三师范学校也是如此。聘请了赵忠尧后，该校仍然只有赵忠尧一位数理化教员，因此，他的任务非常重，因为数理化三门功课他都要教，每周就有二十节课。当然，待遇很不错，这解决了他当时经济上的困难，也为他提供了重要的学习和锻炼的机会。因此，赵忠尧还是很珍惜这一机会。

但是，好景不长，他在湖州师范学校只教了半年书，第二学期重发聘书的时候，他没有拿到聘书。说来也不奇怪，湖州师范学校就像当时其他许多学校一样，充满着守旧派和革新派之间激烈的斗争。旧派保守，新派要整顿，结果在湖州师范学校的内部斗争中，新派被强大的守旧派挤走。赵忠尧是新派请来的教师，自然也就一同被挤走了。

聪明好学而且充满上进心的赵忠尧，不想就这样回诸暨老家或者到别处谋个中小学教员的职业。他不想这样结束自己的求学历程，他还想进修大学本科的课程，他还有更大的打算和未来计划。于是，他开始给东南大学理学院院长孙洪芬教授写信，询问母校是否需要理化方面的助教。母校很快来了回信。由于那时候学物理的人不多，物理助教比较难请，而学校知道赵忠尧的物理课学得相当好，便复信告诉赵忠尧，物理教学需要人。赵忠尧就这样又回到东南大学物理系，而且当了一名助教。从此，赵忠尧完全转到物理学方面去了。

在东南大学任教的一年时间里，赵忠尧一面当助教，一面选修一些大学本科课程。进修过程中，赵忠尧不仅坚持去听课、参加考试，而且在暑假还去念暑期学校。当他在1925年离开东南大学的时候，他已经补足了高师与大学本科之间相差的学分，顺利取得东南大学毕业的资格。

六　建立清华大学实验物理之基础

　　1924 年冬天，中国物理学界一位杰出的老前辈叶企孙教授从国外回来，到东南大学执教，讲授近代物理。赵忠尧回母校的时候，正是给叶教授当助教，为叶教授准备一些物理实验，两人相处得很好。叶企孙教授为人严肃庄重，不苟言笑，教书很认真，他对工作勤恳踏实的赵忠尧甚为满意。1925 年夏天，原本只有预科的北京清华学堂筹办大学本科，请叶企孙前往任教，叶企孙便把赵忠尧和施汝为带去当助教。

　　清华大学于 1925 年秋季开始招收大学本科学生，那一年的物理学科录取了四名学生，他们是王淦昌、周同庆、施士元、钟间。物理系学生虽然不多，但是工科学生也有普通物理课程。赵忠尧起初当助教，第二年开始正式任教员，担任实验课程。

　　1926 年秋天，也就是清华学校设立大学部的翌年，清华大学物理系成立了，这是清华大学成立最早的系之一。物理系首任系主任便是我国著名教育家、物理学家、我国近代物理学奠基人之一的叶企孙。成立时有教授梅贻琦、叶企孙，教员赵忠尧、郑涵清，助教施汝为，教辅人员 2 人，本科生两个年级共 7 人。

　　1926年初夏，赵忠尧与友人在清华大学科学馆门口合影（一排左起郑衍棻、梅贻琦、叶企孙，二排左起施汝为、阎裕昌、王平安、赵忠尧、王霖泽）

此时,赵忠尧已从助教转为正式教员,负责大学专业物理实验课,并与其他教师一起,为大学的物理实验室置备仪器。经过赵忠尧以及其他一些教师的共同努力,清华大学物理实验室的基础就在这个时候建立起来了。

当时中国国内大学理科的水平与西方相比有很大的差距,赵忠尧在清华工作的过程中,更是越来越深刻地认识到这一点。因此,他利用在清华大学工作之余,继续阅读一切有关的课程书籍,特别是搜集一切所能搜集到的国外理科教材,刻苦自学。至此,他不仅补习了大学物理系的必修课程,包括电学、力学和数学等,达到国外较好大学的水平,还和学生们一起读了德文,听了法文。

学习了大量国外物理课程书籍后,赵忠尧深感国内大学的科学水平与西方国家有着巨大差距,而自己无法接触到世界科技前沿,这让他焦急万分,同时,这种差距深深地刺痛了青年赵忠尧的心。他感到中国要富强,要自立于世界民族之林,就必须科学发达。

近代物理在中国是怎么兴起的?研究者姚蜀平曾简述了近代物理在中国兴起和传播的历程。她说,中国的近代物理从西方传入,西方科技书籍最早传入中国是以一种独特的方式,即明朝末年开始的天主教传教方式进行的。当时,明代宰相徐光启和意大利传教士利玛窦合译的《几何原本》,是近代科技书籍东传的第一本。最早传入的物理学书籍是由中国人王征和瑞士人邓玉函合译的《奇器图说》。

鸦片战争失败后，兴起了洋务运动，其中洋务教育提倡办学堂、派留学生和翻译书籍。1862年北京建立的同文馆和1865年上海设立的江南制造局，致力于翻译工作。当时，完成翻译的353种893册书中，有若干关于重学（力学）、声学、光学、气学、天学等物理方面的书籍。江南制造局1866年由英国人艾约瑟口译、李善兰笔述的《重学》，是中国出版的第一本物理学书籍。1867年，江南制造局正式开设翻译馆，翻译的科学书籍中关于物理学的书籍有《光学》《电学》《物体遇热改易说》《通物电光》《物理学》《无线电报》《声学》《电学纲目》等。此外，英国人傅兰雅于1875年在上海开设的格致书院，曾著译了《重学图说》《电学图说》《声学揭要》《光学揭要》等物理学书籍10余种。美国传教士在上海所设美华书馆曾出版了丁韪良著的《物理学算法》等。据统计，自1853年到1911年，中国编译的物理、化学书籍只有98种，而且，这个时期所译书籍大部分为教科书，程度较低。

　　19世纪末20世纪初，西方物理学出现了伟大的革命，产生了相对论和量子力学，揭开了近代物理的序幕。但是，正当物理学在欧洲大陆吸引了更多的学者，新发现和新成就不断涌现的时候，在古老的中国土地上，出现的仍然是甲午战争的失败和戊戌变法的失败。中国社会面临严重的危机。不少知识分子为了寻求救亡图存的出路，迫切地希望跟踪西方科技发展的前沿。江南制造局1899年翻译的《通物电光》是介绍X光的书籍，距X光的发现仅4年之差；1903年，鲁迅先生在《说铂》一文中，最早介绍了镭和放射性；1917 年，国内杂志上出现了介绍量子论和相对论的文章；1920 年，《东方杂志》出版了《爱因斯坦专刊》等。

中国自身的落后以及西方科技的迅速发展，激发了中国人到西方去，但是此前去西方学习物理的人一直就很少。1872 年至 1875 年，清政府曾选送了 120 名 11 至 16 岁的少年，分四批先后赴美学习，但其中没有一人专习物理。1876 年开始，福建船政局派遣了 46 名学生赴法、美、德、俄，也主要是学习造船、矿冶、航运等。20 世纪初出现了留日热潮，最多的 1907 年，竟超过一万人，但主要是攻读政法、师范和军事。

直到 1908 年，美国决定退还庚子赔款余额，给中国作留学资金，1909 年，第一批留美学生赴美，其中首次出现了专攻物理学的胡刚复、梅贻琦等人。以后每年的赴美学生中都有专习物理学的，如赵元任、叶企孙、杨石先、周培源。20 世纪 20 年代后，在利用庚子赔款和其他资金的官费生中，规定了一个名额专攻基础和应用物理，但是数量都很有限。

因此，到西方学物理去，成了喜爱物理学又深深热爱祖国的赵忠尧的愿望。为此，他决定争取出国留学攻读物理。

当时，清华大学的教师有休假制度，每六年休假一年，这一年教师可以出国深造，连旅费在内的全部费用都由清华大学负担。但是，到 1927 年的夏天，赵忠尧在清华大学还只有两年工龄，还不能享受这一待遇。赵忠尧不想再等下去，决定自筹经费去美国留学。

经费从哪里来？赵忠尧平时生活节俭，教书三年半，稍有节余，但还远不够留学所用经费。于是，他向朋友和老师借了一些钱，同时又设法申请到清华大学的国外生活半费补助金，每月有 40 美元。为了照顾 70 岁的老母亲，赵忠尧还在出国前经朋友介绍与郑毓英女士结了婚，婚后把妻子带到了诸暨，照顾他年迈的母亲，解决了他的后顾之忧。

七 留学岁月接触世界物理学前沿

　　1927 年秋天，赵忠尧告别祖国，远涉重洋，走进了加州理工学院的大门，进入加州理工学院研究生部攻读博士学位，师从著名物理学家、刚刚在 1923 年获得诺贝尔物理学奖的密立根教授，开展实验物理研究。

　　位于加州南部洛杉矶市北帕萨迪纳的加州理工学院，是一所独具特色的世界著名学府。加州理工学院成立于 1891 年，属于私立大学。理工学院最早是由 Throop 先生在帕萨迪纳市中心设立，取名 Throop 大学。虽有大学之名，实际上却只是一所工艺技术学校。不过，卑微的开始并没有阻碍它的发展。在 1907 年，学校解散了商业、师资训练和中小学等课程，只留下理工学院，提供电机、机械和土木工程学位课程，于是更形成了该校"小而精、小而美"的特色。1920 年该校改名为加州理工学院至今。

　　美国加州理工学院是精英学府的典范，自创始以来一直秉承"小而精"的办学理念。加州理工学院的校园一点也不引人注目，不过占一个街区大小，周围是绿树掩映的居民区，不注意的话连墙上的校名都看不见，更无法想象这里会是个曾出现众多诺贝尔奖得主的卧虎藏龙之地。

在加州理工学院，科学是唯一的主题。这里有世界上最现代化的实验室，许多著名的物理学家、化学家都在这里做出了震惊世界的科学发现。加州理工的师资力量非常雄厚，所有课程都由教授来教。加州理工最著名的就是物理系，爱因斯坦在这儿放弃了他的"宇宙不变论"，而认可了"宇宙扩展论"；物理学家卡尔·安德逊在这里发现了阳电子。

赵忠尧的导师密立根（Robert Andrews Millikan，1868—1953）是美国著名的实验物理学家，1868 年 3 月 22 日出生于伊利诺伊州的密立根，1887 年入奥柏森大学后，从二年级起被聘在初等物理班担任教员。他很喜爱这个工作，这使他更深入地钻研物理学，甚至在 1891 年大学毕业后，仍继续在初等物理班讲课，由此写成了广泛流传的教材。他于 1893 年取得硕士学位，同年得到哥伦比亚大学物理系攻读博士学位的奖金，成为该校第一位物理学博士。1895 年获得博士学位后留学欧洲。1896 年回国任教于芝加哥大学，由于教学成绩优异，第二年就升任副教授。

密立根以通过精巧的实验确定电子电荷而著名。他从 1907 年开始致力于改进威尔逊云雾室以测量粒子电荷，基本原理是通过施加电场使带电云雾受重力和电场力的合力作用，当电压增加到非常高时，只有极少数水滴才不会被强大的合力排斥出去，所谓"有几颗水滴留在机场中"，他认为这些水滴中的电荷量就是最小的电子电量。另一位著名的实验物理学家卢瑟福肯定了这种思路，但是指出水滴的蒸发可能会导致重力改变从而计算不精确。另有人指出这个测量结果可能是一些连续微小电量的平均值，并不能证明电子电量是离散的。密立根参考了这些意见，设计了油滴平衡实验，通过射线辐射突然改变油滴的带电量，测量油滴的加速度变化，以计算电荷量的增值。这些电荷量增值的最大公约数就是电子电量。油滴实验比水滴实验更精确，逻辑上更严密，从而证明了电子携带电量并非连续而是个常数，并最终在1913年得到了精确的数值，使许多物理常数的计算获得了更高的精度，史称密立根油滴实验。他的求实、严谨细致、富有创造性的实验作风使他成为物理界的楷模。与此同时，他还致力于光电效应的研究。经过细心认真的观测，1916年，他的实验结果完全肯定了爱因斯坦光电效应方程，并且测出了当时最精确的普朗克常数 h。由于上述工作，密立根赢得了1923年度诺贝尔物理学奖。他还从事元素火花光谱学的研究工作，测量了紫外线与X射线之间的光谱区，发现了近1000条谱线，波长直到13.66纳米，使紫外光谱远远超出了当时已知的范围。

密立根教授在宇宙射线方面也做过大量的研究。他提出了"宇宙射线"这个名称，研究了宇宙粒子的轨道及其曲率，发现了宇宙线中的粒子、高速电子、质子、中子、正电子和V量子，改变了过去"宇宙线是光子"的观念。尤其是他用强磁场中的云雾室对宇宙线进行实验研究，以至他的学生赵忠尧、安德逊在1930年、1932年先后发现正电子。

跟着这样一位世界物理科学大师学习，赵忠尧既兴奋又紧张。兴奋的是他能够由此接触到世界物理科学前沿，紧张的是如何能够以优异的成绩得到导师的信任和肯定，从而更好地开展研究。于是，赵忠尧夜以继日地学习。赵忠尧深深意识到自己找到了一所自己喜欢的大学、一个喜欢的著名教授，也确立了一个自己喜欢的学科，也就是实验物理研究。自从近代科学传入中国以来，我国早期从欧美留学归来的物理学家当中，最多的就是从事实验研究的，比如胡刚复、丁西林、颜任光、吴有训、叶企孙、谢玉铭、严济慈等人，都是中国实验物理研究与教学的先驱。由于受这些前辈的教育影响，在20世纪30年代初前后主修物理的留学生当中，大多也都从事实验物理的研究。因此，赵忠尧非常珍惜这样一个机会，刻苦钻研，从而接触到了真正的世界物理科学的前沿。

当赵忠尧到加州理工学习时，西方的实验物理研究已经有相当的高度，特别是其中的基本粒子、场论、宇宙射线研究以及加速器技术都已开始发展了。丁兆君曾对这些发展做过以下总结。

首先，早期原子物理、核物理研究中基本粒子的发现，已经有很多重要的成果。

1897—1899年，J.J.汤姆逊（J.J.Thomson，1856—1940）在实验室中测出阴极射线粒子的荷质比，从而发现了电子（electron）。电子是人类发现的第一种基本粒子。自此以后，人们便开始了对粒子的研究。1905年，爱因斯坦（A.Einstein，1879—1955）提出了光量子的概念，后称之为光子（photon），并为赵忠尧的导师密立根以及康普顿（A.H.Compton，1892—1962）等人的实验所证实。卢瑟福（E.Rutherford，1871—1937）继 1911 年通过 α 粒子散射实验发现原子核之后，又于 1914 年发现了质子（proton），当时称之为"H粒子"，后改称质子，意指它为质量最小、最简单的粒子。1920 年，卢瑟福为了解释原子核的组成，还提出了核内存在中子（neutron）的假说，其学生查德威克（J.Chadwick，189l—1974）于 1932 年通过实验证实了中子的存在。

也就是赵忠尧在加州理工求学时，正好是人们对于物质结构的认识达到一个新水平的时期。由质子、中子构成原子核，核与电子构成原子，再由原子构成实体物质，而光子可以解释电磁辐射与能级跃迁，这便足以形成自然界的物质大厦，而无须其他任何粒子了。此时，"基本粒子"的概念也已出现。同时，在 20 世纪的一二十年代，有一个困扰物理学家多年的"β 衰变连续谱之谜"也逐渐被解开。在原子核 β 衰变过程中，所释放出来的电子能量并不精确等于衰变前后核的能量之差，而是在不大于预算值的范围内呈连续谱。为此，玻尔（N.Bohr，1885—1962）曾怀疑能量守恒定律的普适性。而泡利（W.E.Pauli，1900—1958）则在 1930 年假定 β 衰变过程中同时放出一种没有观测到的粒子而解决了这一疑难。泡利当时将该新粒子命名为"中子"，后由费米（E.Fermi，1901—1954）改称为"中微子"（neutrino）。

其次，量子力学与量子场论开始发展，宇宙射线研究也已经开始。

20 世纪 20 年代在美国的赵忠尧

量子场论是粒子物理的理论基础。而自从赫斯（V.F.Hess，1883—1964）于1912年发现宇宙辐射以来，宇宙射线研究就成为早期基本粒子研究的最重要方面。

牛顿力学只适用于研究宏观低速运动，牵涉到与光速可相比拟的高速运动必须运用相对论，而研究微观现象则要使用量子力学。微观的基本粒子大都进行高速运动，且牵涉到粒子的产生与湮灭，因而必须将相对论与量子力学有机结合起来，这就发展出了量子场论。

量子力学中的薛定谔（E.Schrodinger，1887—1961）波动方程不满足狭义相对论所要求的洛伦兹变换的协变性，克莱因（M.Klein，1924—2010）和高登（W.Gordon，1893—1940）引入的相对论性波动方程又存在着负几率的困难。1928年，狄拉克（P.A.M.Dirac，1902—1984）分析了他们的方程，并得到了一个新的方程。可这个新方程又遇到了负能量的困难，于是他根据泡利不相容原理，提出了电子负能海的学说，预言了正电子的存在。赵忠尧后来也正是在这个基础上第一个发现了正电子以及电子对的产生与湮灭。

20世纪早期，人们还开始关注来自天空的射线，早期称之为"超辐射"。到了1925年，密立根又将之命名为"宇宙射线"。

再次，粒子物理实验研究设备发展，特别是探测器与加速器技术也已经有了初期的发展。

早期的基本粒子研究对象基本局限于核反应中的放射线与宇宙射线，能量、强度受到很大限制。同时，在研究微观粒子的过程中，首先不可或缺的是探测技术的运用。而此时，粒子探测技术开始进步。威尔逊（C.T.R.Wilson，1869—1959）19世纪末就开始研究云雾室，其老师汤姆逊测定电子电荷便有他的云雾室的功劳。1911年，他利用云雾室研究X射线，观测到α粒子与β粒子的径迹，从而使云雾室受到了物理学家的广泛关注。

加速器技术此时也开始发展。核反应难以产生高能量的粒子，而宇宙射线粒子流又太微弱，因而早期的基本粒子研究极受限制。1919年，卢瑟福以α粒子束做"炮弹"轰击金属箔，实现了第一次人工核反应，由此激发了人们人工加速带电粒子作为"炮弹"的愿望。

可以说，赵忠尧到了加州理工学院后，一下子就置身于这样一个粒子物理世界，也从此开始接触到世界物理科学的前沿。特别是导师密立根教授1923年就获得过诺贝尔物理学奖，非常清楚物理学研究的进展。虽然此时导师年事已高，又担任着加州理工学院校长的行政职务，没有太多的时间对学生做具体的指导，可是他给学生的课程研究题目常常是物理学研究前沿的研究。

在加州理工学院攻读学位，一般要先读一年的基础课程。由于赵忠尧一直以来就有钻研世界物理科学前沿的志向，其中好多课程的内容在当助教的时候就已经读过，在南京高等师范学校学习时读的物理学教材就是密立根教授所编的原版教材，基础比较扎实，因此，此时学起来并不感觉困难。第二年，赵忠尧就顺利通过了预试，拿到了攻读学位的研究题目。

为了更好地推进自己的研究，赵忠尧向国内申请文化基金会的科学研究补助金。由于他预试成绩好，导师密立根写信给基金会给予有力的推荐。从 1928 年秋季开始，他连续三年获得科研补助金，每年有 1000 美元。赵忠尧非常乐于助人，尽管他所获得的两项补助加在一起比一个公费生的津贴还少，但为了帮助经济上更困难的留学生，他还是把清华大学的国外生活半费补助金让给了另外一位中国留学生。

密立根教授慧眼识才，但对学生也非常严厉。他开始给赵忠尧布置的博士学位论文是利用光学干涉仪做实验。负责实验指导的鲍恩（I.S.Bowen）教授告诉他，做这个题目的仪器已经都准备好，如果能根据一年之中冬夏两季拍摄到的片子如实测量记录光学干涉仪上的图文周期变化，两年内就可以获得实验结果并撰写论文，就能够顺利取得博士学位。赵忠尧看了这个题目后，觉得这个题目虽然容易获得学位，但是学不到多少技术，而他出国深造的本意就是要多学一些科学方法和技术，回国后可以派上用场，学位是次要的。

赵忠尧考虑再三后，鼓起勇气去找密立根教授，问他"能否换一个可以学到更多东西的题目"。

按照当时学校的惯例，教授给什么题目学生就应做什么题目。同学们知道他竟然要求导师更换题目，认为他太任性了，不免担心他这种做法是否会得罪教授。事实上，密立根教授听了赵忠尧的要求后确实感到非常意外，不可思议地望着眼前这个瘦小的东方学生，以前还没有遇到过有学生向他提出这样的请求。密立根教授尽管感到意外，但还是给予照顾。过了一些日子，他给了赵忠尧另一个题目"硬伽马射线在物质中的吸收系数"，并说道："这个题目你考虑一下。"说是这么说，实际上已经不容学生再考虑了。没想到，赵忠尧老实过分，竟回答道："好，我考虑一下。"因为他当助教的时候做过一些简单的吸收实验，仅凭自己的经验，以为这个题目不难做，还想看看有没有更难的题目。但密立根教授一听，当场就火冒三丈，说道："这个题目很有意思，相当重要。我看了你的成绩，觉得你做还比较合适。你要是不做，告诉我就是了，不必再考虑。"赵忠尧见导师如此发火，连忙表示愿意接受这个题目。

当论文做完以后，赵忠尧才体会到导师的一番良苦用心。而在当时，说实在的，无论是密立根教授，还是赵忠尧自己，都没有意识到这个题目会把赵忠尧推到一个物理科学伟大发现的当口，并具备了获得诺贝尔奖的实力。这个课题使他不仅学到了实验技术，而且在核物理方面取得了极高水平的研究成果。

多年后赵忠尧谈起这件事时说："回想起来，密立根教授为我选择的这个题目，不仅能学到实验技术，物理上也是极有意义的。这一点，我在以后才逐渐有深刻体会。"

过了许多时候，当赵忠尧的博士论文交给教授们讨论通过时，密立根教授还翻出这个旧账来当笑话讲："这个人不知天高地厚，我那时给他这个题目，他还说要考虑考虑。"教授们听了哈哈大笑起来，这笑声是善意的。赵忠尧的论文评分时得了个优等，与他的同学、后来得了诺贝尔奖的安德逊相同。

后来，密立根在他 1946 年出版的专著《电子、质子、光子、中子、介子和宇宙射线》中还多处引述了赵忠尧论文中的结果。

在美国加州理工学院留学期间，赵忠尧正是通过"硬伽马射线在物质中的吸收系数"这个实验课题，发现了硬伽马射线通过重物质产生的反常吸收和特殊辐射，这是正负电子对的产生和湮灭过程的最早实验证据。之后，他在美国《物理评论》上还发表了题为《硬伽马射线的散射》的论文，公布了他关于伽马射线方面的新发现，即他发现伽马射线被铅散射时，除开普敦散射外，伴随着重物质的反常吸收还有一种特殊的光辐射出现，表明伽马射线在重元素中的特殊吸收不是由开普敦效应引起的，从而揭示了一种新的反应机制。两年后，他的同学安德逊发现了正电子，并由此获得了 1936 年的诺贝尔物理学奖。赵忠尧的实验成果证明他是最早观察到正负电子对产生与湮灭的人。

赵忠尧一直坚信实验是物理学发展的源泉，因此，在加州理工学院，赵忠尧十分重视学习实验技术和培养自己的动手能力。同时，由于他从小身体瘦弱，缺少锻炼，所以体力不足，双手操作不灵。为此，他认为无论是为科学实验的需要，还是为健康的需要，都必须加强体力锻炼。他初到美国时，为了锻炼自己的技术和动手能力，甚至花了 25 美元买来了一辆破旧的福特牌小汽车，请一位美国朋友豪义特（A.Hoyt）教他修理汽车，他要用这种办法来增加自己在机械方面的动手经验。后来不断地修不断地开，竟然用了一年多。有一天他用这辆车送一位朋友去火车站，回去的路上车子又坏了，他才在路边找了一家汽车修理铺子卖掉，只卖了 5 美元。那辆汽车破旧到这种程度，足见赵忠尧正是学习修理技术的好材料，也足见赵忠尧钻研技术、提高技术能力的精神。后来，赵忠尧回忆起这件事时充满感情。

> 对于一辆破旧的汽车，自然说不上需要和消遣。凡休息日，我常常满身油污，仰卧于汽车下面，拆拆装装。我在修理汽车的过程中，不但锻炼了动手能力，还有在辛苦以后获得的欣慰。另一个意外的收获是，因此结识了一个乐于助人的朋友豪义特（A.Hoyt）。我们从谈汽车开始，谈到风俗人情、科学研究。说这是我在美国除了关于论文所受的指导以外最大的收获，一点也不夸大。可惜在我回国之后不久，他因病去世。这使我感到莫大的遗憾。

八 发现反常吸收和特殊辐射

这里，我们要重点说说赵忠尧在做博士学位论文过程中的两个重要实验，正是这两个实验取得了"反常吸收"和"特殊辐射"这两个重大发现。

接受密立根教授安排的"硬伽马射线在物质中的吸收系数"这个题目后，赵忠尧便全身心地投入研究中。当时美国的实验室里，工作非常紧张，人们往往是上午上课，下午讨论或准备仪器，晚上取数据，因为晚上比较安静，而且实验室是通宵开放的。夜间，赵忠尧必须每隔半小时测一次数据，只好将闹钟半小时闹一次，以获得断断续续的短暂睡眠。

为了更好地了解赵忠尧的研究，我们还要了解当时物理学发展的背景。李炳安、杨振宁在论述赵忠尧这一研究的地位和贡献时，曾阐述了这样的背景。

李炳安、杨振宁说，在物理学中许多重要的事情发生在1930年前后，这是一个极其活跃、激动人心，而又令人迷惑的时期。在这些迷惑与不解之中，一个很大的问题是电子和质子究竟是否是核的组成。由于在当时仅有这两种已知的基本粒子

（不包括光子），因此人们自然地假定核是由它们构成的。然而这一假定面临着许多严重的困难。另一个谜团来自 β 衰变谱似为连续的观察结果，而这一点甚至曾使玻尔和其他人以为在 β 衰变中能量是不守恒的。

而在理论的范畴中，狄拉克方程和空穴理论也还苦于缺少一种本质的要素，而遭到大多数权威物理学家的反对。当然任何人都不能不承认狄拉克解释电子自旋和磁矩的辉煌成就，它出自完全的独创性和简洁的数学方法。但是负电子海仍被普遍认定是有缺欠的，泡利曾说："任何有这种缺欠的理论只能与偶然的验证相一致。"

针对这种背景，从实验上研究像康普顿散射这样的涉及电子的散射过程并验证理论计算是很有意义的。当时有三个不同的公式描述康普顿散射。

（1）康普顿公式

康普顿修改 J.J. 汤姆逊的经典理论来计算波长位移和反冲效应。他得到如下的截面公式：

$$\sigma = \frac{8\pi}{3} \frac{e^4}{m^2 c^4} \frac{1}{1+2a} \qquad （1）$$

其中，$\alpha = h\nu/mc^2$，这不同于汤姆逊的结果。康普顿的理论还在另一个方面不同于 J.J. 汤姆逊的经典理论：对于硬伽马射线，出射波集中于向前的方向。从量子理论的观点来看，正如康普顿自己所指出的那样，他的公式在理论上是不正确的。

（2）狄拉克和高登公式

狄拉克和高登从量子力学出发，使用不同方法推出了相同的公式：

$$\alpha = \frac{2\pi e^4}{m^2 c^4} \frac{1+\alpha}{\alpha^2} \left[\frac{2(1+\alpha)}{1+2\alpha} - \frac{1}{\alpha} \ln(1+2\alpha) \right] \qquad （2）$$

这里没有考虑自旋。

（3）克莱因—仁科公式

$$\alpha = \frac{2\pi e^4}{m^2 c^4} \left\{ \frac{1+\alpha}{\alpha^2} \left[\frac{2(1+\alpha)}{1+2\alpha} - \frac{1}{\alpha} \ln(1+2\alpha) \right] + \frac{1}{\alpha} \ln(1+2\alpha) - \frac{1+3\alpha}{(1+2\alpha)^2} \right\} （3）$$

这个公式是把狄拉克相对论波函数移植到经典辐射理论推导出来的。在狄拉克空穴理论之后，狄拉克和华勒表述出，在空穴理论中一个正确的二阶微扰计算正好给出和克莱因—仁科公式相同的结果。

李炳安、杨振宁说，以上三个公式在低能界内相同，而在高能即硬伽马射线区域则变得不同。所以在 1929 至 1930 年间，为了检验和区别这些理论，在美国帕萨迪纳的赵忠尧、英国剑桥的塔伦特、柏林—达赫莱姆的梅特纳和赫布菲尔德做了上述三个测量硬伽马射线吸收系数的实验。

密立根教授要赵忠尧测量硬伽马射线在不同物质中的吸收系数，实际上是想以此检验克莱因—仁科公式（3）。据赵忠尧本人在 1986 年回忆说，密立根最初曾经是倾向于相信公式（2）

1929年，赵忠尧在美国加州理工学院留学时与导师和同学的合影（前排左六为爱因斯坦，左七为密立根，二排右五为赵忠尧）

而不是克莱因—仁科公式即公式（3）会与宇宙射线数据一致。

赵忠尧就是在这样的科学发展基础上，开始了他新的冲刺。赵忠尧用放射性元素钍衰变的中间产物ThC（即铊208）作辐射源，它能辐射出能量为2.6兆电子伏的伽马射线。在测量了这种硬伽马射线在好几种物质中的吸收系数之后，赵忠尧意外地发现，射线只有在通过轻元素时吸收的情况才与克莱因—仁科公式相符，当通过重元素时，则出现了反常现象，实际吸收量大于公式给出的量。例如在铅元素中，测得的数值比克莱因—仁科公式所给的约大40%。

1929年年底，赵忠尧完成了这个实验。但由于实验的结果与导师密立根原来所想象的不符，密立根起初不相信这个结果。导师唯恐实验有误，把赵忠尧的论文搁置了两三个月，没有发表任何意见，他不太相信这个结果是一位中国留学生能够做出来的。赵忠尧有点急了，因为在科学发现的竞技场上，只有第一，没有第二，科研成果披露的先后往往决定着这一项研究的命运。

替密立根教授管理研究生工作和负责实验指导的教授鲍恩是一个光谱学家，他在理论上和实验上对赵忠尧的帮助虽然很有限，但他知道赵忠尧的实验细节。他一直关注着赵忠尧的实验。他对赵忠尧的实验仪器设计以及实验结果的解释都曾很关心。因此，他跑去对密立根教授说："我很了解赵忠尧的实验测量全过程，他从仪器操作、实验设计、测量记录到计算的全过程都进行得非常严谨，实验结果是完全可靠的。"这样，密立根才同意赵忠尧将论文送出发表。赵忠尧的论文《硬伽马射线的吸收系数》（The Absorption Coefficient of Hard γ—Rays）于1930年5月15日在《美国国家科学院院报》上发表。在此之前二周，即1930年4月29日，赵忠尧的实验结果还在美国国家科学院举行的学术会议上宣读过。

当时做这个题目的实验的，除了赵忠尧外，还有英国剑桥大学卡文迪许实验室的塔伦特（G.T.P.Tarrant），以及德国威廉化学研究所的梅特纳（L.Meitner）和赫布菲尔德（H.M.Hupfeld），他们也独立地获得了与赵忠尧相同的主要结果，但在细节上有些不同：

一、在塔伦特的实验中，吸收系数对介质原子序数的依赖是不规则的。而在梅特纳和赫布菲尔德的实验结果中，更有一个"跳跃"，这些都导致疑义。而与此相反的是，赵忠尧的结果非常平滑，是完全可信，不容置疑的。

二、所用的探测器很不相同。据赵忠尧在1986年所说，他用的探测器是25个大气压下的气压电离室和真空静电计，这是更为可靠的仪器。

所有这三个实验发现的硬伽马射线在重元素上的附加吸收，被称为"反常吸收"或"梅特纳—赫布菲尔德效应"。后一种说法源于梅特纳和赫布菲尔德的朋友。所有这三篇发表的文章也都推测反常吸收是由于某种未知的核效应引起的。

科学发展到一定水平，有了适用的实验工具，几处同时得到一个研究结果并不是什么奇怪的事。英、德两国的两个研究小组同年也在本国的刊物上发表了伽马射线在重元素中反常吸收的实验结果。

第一个实验所取得的研究成果已经足以让赵忠尧拿到博士学位了。但是，作为一个出色的物理学研究者，赵忠尧并没有因此停步。他想进一步弄清楚硬伽马射线与物质相互作用的机制。

因此，第一个实验刚刚做完，为了探索这种反常吸收的机制，赵忠尧又开始设计新的实验，来进一步研究伽马射线与物质的相互作用，更多地了解辐射在物质上的吸收机制，研究散射辐射的强度和角分布。他打算测量射线的散射辐射，看看与康普顿效应预言的现象有什么不同。由于他在上一个实验中测量吸收系数测得很准，因而对于测量散射也充满了信心。而且这个时候离毕业还有大半年，时间也还充裕，于是他决定一试。他与鲍恩教授商量，鲍恩教授说："测量吸收系数，作为你的学位论文已经够了，结果也已经有了。不过，如果你要进一步研究，当然很好。"于是，赵忠尧紧接着又做了测量硬伽马射线被重元素散射的实验。

赵忠尧于1930年春天开始用高气压电离室和真空静电计进行测量。没想到，一开始就遇到了问题。那时，德国的豪夫曼（Hoffmann）教授发明了一种真空静电计，加州理工学院的工厂仿制了一批。这种静电计中有一根极细的白金丝，是将包银的白金丝拉伸后，再将外面的银用酸腐蚀掉制成的。白金丝的上端通过一个焊接点和电离室的中心电极相连，下端连接指针。

可是，接通电源后静电计的指针甚至十几分钟后还达不到稳定点。密立根教授对赵忠尧和另外两个使用这种静电计的学生说："这种新产品我也没有用过，你们应设法解决这个问题。"起初，大家都以为是环境的震动引起指针的不稳定，想了各种办法防止震动，甚至把静电计的支架用弹簧挂住，放在四个网球支撑的平板上，但都是枉然。后来赵忠尧想到，指针达不到稳定值，可能是因为导电不良。于是他在焊接处滴了一些导电的碳制黑墨水，指针立即变得很灵活，总算解决了这一难题，并开始测量电离电流。由于反常吸收只在重元素上被观测到，赵忠尧决定选择 Al 与 Pb 为轻、重元素的代表，比较在这两种元素上的散射强度。这个实验一直忙到当年 9 月才算结束，准备好久的暑期旅行因此取消。可测得的结果如此有趣，足以补偿放弃休息的损失。

总之，这实际上是比第一个实验更困难的实验，因为散射辐射比背景更弱，测量时需要极大的耐心与细心。但是，这第二个实验，赵忠尧用的仪器是高压电离室和真空静电计，本底比较少，涨落也小，因而结果比较稳定和干净，实验结果意外的好。赵忠尧在这个实验中发现，伽马射线被铅散射时，除康普顿散射外，伴随着前述的反常吸收还有一种特殊的光辐射出现。当时测定的这种特殊辐射的强度大致是各向同性的，并且每个光子的能量与一个电子质量的相当能量很相近。这一结果表明，伽马射线在重元素中的特殊吸收不是由康普顿效应引起的，它揭示了一种新的反应机制。赵忠尧将这一实验结果写成

第二篇论文，题为《硬伽马射线的散射》，1930 年 10 月在美国《物理评论》杂志上发表。

实验结果发表以后一年，其他实验组才开始致力于研究散射辐射。这些后来的工作做得不漂亮且没有结果，它们引起更多的争议，分散理论家的注意，因而很不幸地减小了赵忠尧的实验结果的影响力。

赵忠尧后来回忆说："在我的论文发表后的一两年内，其他人重复这一实验时，用盖革计数器进行测量，也没有用高压电离室，本底与涨落都比较大，得到相互矛盾与不确定的结果。这些矛盾，一度引起人们认识上的混乱。至于论文本身，可惜写得太简短，与它所包含的内容不甚相称；加上布莱克特（P. Blackett）与奥克里尼（G. Occhialini）在他们的论述《电子对湮灭》的著名论文中引述我的工作时，发生了不应有的错误。由于这种种的历史原因，我的这些工作一直没有得到应有的重视。"

李炳安、杨振宁后来在总结赵忠尧的成果时说：

赵忠尧在第二个实验中发现：

一、伴随反常吸收，存在着一种硬散射之外的附加散射辐射。

二、这种附加散射辐射实质是各向同性的。

三、测得这种附加散射辐射的波长为 22X.U，即相当于 0.5 兆伏的光量子。

赵忠尧得出的所有上述结论都是非常惊人地恰好

正确，他实际上已经发现了电子对湮灭！在过程 e^+e^- → $\gamma\gamma$（4）中，每个光子带走约 0.5 兆伏的能量，而这正是赵忠尧所发现的。然而在当时，以及直到那以后很久都没有人理解其理论上的意义。

与赵忠尧同为密立根博士研究生的安德逊，此时正在赵忠尧的隔壁做论文，他对赵忠尧的实验表现出极大兴趣和关注。他们甚至还谈起过，最好用云雾室做一做他那个实验，可惜这个想法没能实现。

1932 年，安德逊在云雾室里做宇宙射线的实验，在照片中发现了一条和电子径迹相似但在磁场中弯曲方向相反的径迹，从而发现了正电子。但是从云雾室的照片上却看不出正电子是如何消失的。于是，物理学家们不断讨论，正电子产生以后到哪里去了呢？1933 年，物理学家们在讨论正电子的性质，寻找正电子产生和湮灭过程的实验证据时，重新想起了三个研究组观察到的重原子核对伽马射线的反常吸收，以及赵忠尧首先观察到的伴随着这种反常吸收而出现的特殊辐射现象。

物理学家布莱克特和奥恰里尼指出，硬伽马射线的反常吸收是由于伽马射线和原子核发生作用而产生了一对正—负电子，而特殊辐射则是正电子与负电子重新结合并转化为两个光子的湮灭辐射。这种机制被以后的许多实验所证实。

所以，我们可以得出，赵忠尧先生实际上是最早观察到正负电子对产生的物理学家之一，又是最早观察到正—负电子湮灭现象的人。

赵忠尧 1930 年顺利获得博士学位。1929 年他和英、德的几位物理学家同时发现了硬伽马射线的反常吸收，实际上就是伽马射线在物质中产生电子对的效应；在进一步的研究实验中，他首先观察到硬伽马射线在铅中引起的一种特殊辐射，也就是正负电子对的湮灭辐射。这些结果是正负电子发现的前导，得到国际物理学界的高度评价。1932 年，安德逊正是因为发现正电子径迹而获得诺贝尔物理学奖。

九　与诺贝尔奖失之交臂

1936 年，瑞典皇家科学院决定对发现正电子这项举世瞩目的研究成果授予诺贝尔物理学奖。然而，评选揭晓时，获奖名单中没有 1930 年首先发现正负电子湮灭的赵忠尧的名字，只有 1932 年在云雾室中观测到正电子径迹的安德逊的名字。

这无疑是历史的不公正，而且对于这一不公，物理学界一直议论纷纷。一直到半个世纪以后，当诺贝尔奖评审情况揭秘之后，谜底才得以揭开。

1930 年，赵忠尧在美国加州理工学院研究铅对硬伽马射线的吸收系数时，第一次捕捉到正电子，成为世界物理学界第一个观测到正反物质湮灭和第一个发现反物质的科学家（但是赵当时并没有意识到自己所做的是正负电子对湮灭实验，并发现了正电子）。继赵忠尧之后，又有两人做了这方面的实验，一个没能再次得到赵的结果，另一个没有观察到赵实验中出现的软伽马射线（后来证明那两个实验一个是做错了，另一个是仪器的灵敏度不够），从而引起了物理学界对赵忠尧的研究成果的怀疑。与此同时，两位在当时颇有影响的物理学家在评述电子对湮灭这个重大科学发现时，又误以为那两篇没有能重复得到赵忠尧发现的论文是赵忠尧的，以致混淆了视听，进一步影响了科学界对赵忠尧的重大研究成果的评价。而赵忠尧的同学安德逊受此启发，于1932年在威尔逊云雾室中观察到了宇宙射线中的正电子的径迹，并因此获得了诺贝尔物理学奖。中国媒体报道说，直到半个世纪后，诺贝尔物理学奖评选情况解密之后，人们才了解到，是上面提到的一系列离奇之错，致使赵忠尧与诺贝尔奖擦肩而过。媒体还引用瑞典斯德哥尔摩大学教授、诺贝尔物理学奖评选委员会前任主席爱克斯朋（Ekspong）教授的话："世界欠中国一个诺贝尔奖。"

为了弄清楚赵忠尧与诺贝尔奖擦肩而过的原委，1983年开始，杨振宁和李炳安教授对原始文献做了细致的调查研究，并在1989年发表了《赵忠尧，电子对产生和湮灭》一文，第一次以确凿的证据梳理和澄清了关于正电子发现有关研究的历史本来面目，阐述了赵忠尧教授在这项研究中首创和独到的贡献，使物理学界更多的科学家知道了这段历史公案。

赵忠尧在耄耋之年时，曾在一篇自述中淡淡地说：

> 对我这部分工作的评价，由于种种历史的原因，一直没有得到应有的重视。近年来，杨振宁教授花了不少精力，搜集整理资料，于1989年写成文章发表，帮助澄清这段历史，我十分感激杨先生为此所做的许多努力。

与此同时，诺贝尔奖得主李政道教授也不遗余力地在各种场合澄清这段历史，充分阐释赵忠尧教授首先发现正电子的卓越功绩。2002 年，中国科学技术大学举办了纪念赵忠尧教授100 周年诞辰活动，著名物理学家李政道教授发来书面发言。李政道盛赞赵忠尧教授是"中国核物理的开拓者，也是中国近代物理学的先驱者之一"。他说，中国科学家早在 70 年前就应该获得诺贝尔物理学奖，而获奖者应该是赵忠尧教授。李政道在发言中说："两年前瑞典皇家学会的爱克斯朋教授告诉我，当时瑞典皇家学会曾郑重考虑过授予赵老师诺贝尔奖。不幸，有一位在德国工作的物理学家在文献上报告了她的结果和赵老师的观察不同，提出了疑问。当然，赵老师的实验和观察是完全准确的，错误的是提出疑问的科学家。"李政道遗憾地说："30 年代初瑞典皇家学会以谨慎为主，没有授予赵老师诺贝尔奖，爱克斯朋教授和我都觉得赵老师完全应该得诺贝尔物理学奖。赵老师本来应该是第一个获得诺贝尔物理学奖的中国人，只是由于当时别人的错误把赵老师的光荣埋没了。"

　　科学社会学研究专家曹聪读了挪威奥斯陆大学科学史教授弗里德曼（Robert Marc Friedman）的新书《选择卓越的"政治"：在诺贝尔科学奖背后》之后，曾和作者弗里德曼通信探讨过关于赵忠尧为什么未能获诺贝尔奖的事，同时他还提供了一个新的有意义的阐释：

　　　　我从其他文献中发现，安德逊在 1934 年、1935 年和 1936 年被连续提名，赵忠尧则从来没有出现在候选人之列。弗里德曼教授也明确告诉我了这一点。而爱克斯朋教授在与我的通信中并没有提到"赵忠尧应该获奖"这样的话。令人欣慰的是，弗里德曼教授同时提到，赵忠尧和安德逊两人的导师密立根在提名时十分关注自己小圈子里的人，具有很强的倾向性，并常常忽视他人的贡献；而如果当时安德逊的论文以及密立根提名时没有提到赵（事实确实如此），诺贝尔奖评选委员会就无法评价赵的贡献。书中的注释也提到密立根对其所在机构的科学家情有独钟，只可惜他对赵忠尧"另眼相看"。不过，斯人已去，档案又没有记载，这将永远成为一个谜。

为了更好地了解赵忠尧研究的地位和对物理学界的贡献，我们再引用李炳安、杨振宁教授在《赵忠尧，电子对产生和湮灭》一文中的分析。这两位教授在对赵忠尧实验的全面阐述的基础上，曾详细地评估了赵忠尧研究对后来的影响，真正明确了赵忠尧研究的地位和贡献。以下，我们不妨采用他们的论述和分析，来看看赵忠尧的成就后来是如何被忽视了的。

李炳安、杨振宁教授指出：

在比 1932 年更早几年的时候，电子对产生和湮灭的过程已从实验上被发现了，但未能从理论上得到理解，这些早期发现的报道在如下文章中。

（A）在 1930 年 5 月，由三组物理学家分别独立发表的文章。这三组物理学家是英国剑桥的塔伦特，柏林—达赫莱姆的梅特纳和赫布菲尔德，以及帕萨迪纳的赵忠尧。这些文章都叙述了发现 ThC" 2.65 兆伏伽马射线被重元素"反常吸收"的实验现象。

（B）赵在 1930 年底发表的关于他的另一个实验的文章。在这个实验中，他发现了 ThC" 伽马射线在铅上的"附加散射线"。

现在回顾来看，文章（A）是代表着首次观察到电子对产生的过程，而文章（B）是首次观察到电子对湮灭的过程。在随后的两年，即 1931—1932 年，反常吸收和附加散射线吸引着理论物理学家极大的注意，并激发着重要的进一步的实验研究。

从 1930 年中直到 1933 年初，在两年半的时间里，有三个课题摆在物理学界面前，按照后来的理解，它们包含量子电动力学（QED）的所有方面：反常吸收、附加散射线、狄拉克电子论。

关于狄拉克理论的深入讨论包括奥本海默、泰姆和狄拉克对于湮灭截面的计算。但是这些作者中没有一个人把这一过程和赵的附加散射辐射联系起来（其原因很可能是当时核物理处于非常混淆的状态，于是很自然地赵的结果和反常吸收这两种陌生的现象都被认为是核现象了）。

在这一时期我们找不到任何关于附加散射辐射的理论文章。但是到了 1933 年，用电子对的湮灭和产生来表述的最终解释就完全基于附加散射辐射了。

对于反常吸收，当时有很多理论讨论。奥本海默试图构想其来源于光电效应，在当时这是一个很流行的题目，但这将导致结论说 QED 是错误的。海德堡和卡蒙则推测这是由于某些核过程引起的。

这些理论工作都未能获得重大的进展，直到安德逊于 1932 年 9 月发现了正电子。几个月以后，布莱克特和奥恰里尼用绝妙的触发云雾室又得到了更多的正电子。这时候，关于正电子穿过物质时的性质这样一个问题才被提出来了。它将布莱克特和奥恰里尼引导到狄拉克早些时候关于湮灭截面的计算，以及得出这样一个推论：赵忠尧的附加散射线其实是湮灭过程的结果。

布莱克特和奥恰里尼还推测正电子产生于"对生成"的过程，但他们没有得出在重核库仑场中 QED 对生成过程的正确概念。而就在数月之后，奥本海默和普拉赛特按照狄拉克理论即 QED 产生和发展了这一概念。他们发现这个结果与早时关于反常吸收的实验发现相一致。而且安德逊在云雾室中也观察到了光子生成的电子对。

1933 年之后，随着所有上述问题的澄清，QED 进入了在所有应用方面都取得巨大成功的鼎盛时期，唯一留下来令人不安的事情只是发散问题了。

李炳安、杨振宁教授从布莱克特和奥恰里尼的文章中找到了一个致命的混淆，影响了物理学界对赵忠尧贡献的评价。他们认为布莱克特和奥恰里尼的文章具有重大的影响，这不仅因为他们报道了许多新发现的正电子事例，而且因为他们解释出反常吸收和附加散射线是分别由对生成和对湮灭引起的，这就导致了物理学家关于狄拉克理论是否正确这一概念上的大翻身。关于这一点，在文章中最为关键的段落是：

A：

也许伽马辐射被重核的反常吸收*是与正电子的形成及其在再次辐射中的消失相联系的。在事实上，实验发现这种再次发射的辐射具有与预期湮灭谱相同量级的能量。

B：

格雷和塔伦特，"Proc. Roy. Soc."A 卷 136，第 662 页（1932）。

梅特纳和赫布菲尔德，"Naturwiss"第 19 卷第 775 页（1931）。

赵，"Phys. Rev."《物理评论》第 36 卷第 1519 页（1931）。

李炳安、杨振宁发现了以上两段落中存在导致误会的致命的问题：

　　段落（A）是伟大的物理。注脚（B）是疏忽的历史。特别是这个注脚对赵忠尧太不公平了。它包含两个印刷上或者是粗心造成的错误。

　　一、赵忠尧在《物理评论》上的文章发表于 1930 年而不是 1931 年。它领先于其他两篇文章一或二年。

　　二、尽管文内的星号是打在"反常吸收"之上，但所有这三篇引述的文章都是关于附加散射线，而不是关于反常吸收的。

　　更重要的是，布莱克特和奥恰里尼的论据其实是在于赵忠尧一个人的文章，正如我们现在所要表明的，这一事实是被这样一个不加分辨的注脚给弄模糊了。

　　布莱克特和奥恰里尼是在他们名为《正电子假设》的文章里的某一节中推出上面引述的伟大假想（A）。这一节开始提出为什么正电子"至今逃避观察"，然后说："显然它们作为自由粒子，只有有限的寿命。因为它们在正常条件下不表现出与物质的结合……似乎……它们好像是与负电子发生反应形成两个或更多的光子然后消失的。"他们继续说到这种消失机制是由狄拉克电子论直接给定的，而且他们曾和狄拉克谈过。后者曾把自己那篇 1930 年的关于给出湮灭截面的文章给他们看。

布莱克特和奥恰里尼然后下结论说，狄拉克理论这样估计正电子的寿命："以在云雾室观察正电子而言，它的寿命是足够长了。但要解释为什么用其他方法发现不了它，又只能说它的寿命还太短。"接下来他们又说到，尽管如此，要观察到这一湮灭过程，还是有可能的。因为它引发一个峰位在 0.5 兆伏的光量子谱，然后就是引文（A）。

这整个一系列推论反映着宏大的物理思想。它们也表明布莱克特和奥恰里尼的立论焦点是在于湮灭过程，这一过程是以其引发一个"附加散射线"而被确认的。而这种确认的能力又集中在于这样一个事实，即湮灭辐射谱峰值为 0.5 兆伏。这一点与引文（A）所说"实验上已经发现"的内容是一致的。由此可见，实验证明附加散射线的能量为大约 0.5 兆伏，这是他们立论的决定性根据。

由于某种原因，布莱克特和奥恰里尼没有提及，在他们上面的引述（B）所提及的三篇文章里（这三篇文章都是关于附加散射线的），只有赵忠尧的文章给出了正确的决定性的数值 0.5 兆伏，梅特纳和赫布菲尔德 1931 年的文章比赵忠尧晚了一年，而且根本没有找到附加射线。格雷和塔伦特 1932 年的文章比赵忠尧晚了两年，在大约 0.47 兆伏处找到了附加散射线，可又同时找到一个大约 0.92 兆伏的分量，这是十分令人混淆的，而且甚至直到后来在他们 1934 年的文章中还仍然存在。

人们也许会想到这样的问题，为什么布莱克特和奥恰里尼的文章对 1930 年的三篇关于反常吸收的文章完全不加引述（这些文章曾比附加散射线引起更多的注意，因为它是较早的发现，而且是基于难度较小的实验）。对这个问题的回答是布莱克特和奥恰里尼立论的焦点不在于此，而在于湮灭过程。进一步说，布莱克特和奥恰里尼并没有像在库仑场的情况那样盯住对生成的机制，这一工作是后来由奥本海默和普拉赛特从理论上进行的。

李炳安、杨振宁在通过以上细致的分析之后指出，综观对生成和对湮灭的发现历史，我们深深地被赵忠尧的实验所感触，这些实验探索到了重要的问题，赵忠尧的竞争者们在反常吸收和附加散射线这两个实验中都曾陷入失误。这一事实又证实了这些实验是很难做的，它们具有简洁的经典色彩，具有经得住时间考验的可靠性。不幸的是由于布莱克特和奥恰里尼在文章中疏忽的引证，以及由于其他实验造成的混淆和争议，赵忠尧的文章没有获得其本应充分获得的评价。

其实，因发现正电子而最终获得诺贝尔奖的安德逊教授，在 1983 年出版的一本著作中也公开地承认：

> 我在加州理工学院做研究生论文的工作是用威尔逊云雾室研究 X 射线在各种不同气体里产生的光电子的空间分布。在我做这项工作的 1927 — 1930 年间，赵忠尧博士就在我隔壁的屋子里工作。他是用验电器测量 ThC" 产生的伽马射线的吸收和散射。他的发现引起我很大的兴趣。当时人们普遍相信，来自 ThC" 的 2.6 兆伏的"高能"伽马射线的吸收，绝大多数应是

按照克莱因—仁科公式表达的康普顿碰撞。但赵博士的结果清楚地表明，这种吸收和散射显著地大于克莱因—仁科公式的计算。由于验电器很难给出细致的信息，所以他的实验不可能对上述反常效应做出深入的解释。我建议的实验是利用工作在磁场中的云雾室来研究 ThC" 伽马射线与物质的作用，即观察插入云雾室中的薄铅板上产生的次级电子，来测量它们的能量分布，从而研究和了解在赵的实验结果中还反映着哪些更深刻的意义。

赵忠尧的发现是杰出的，他的工作是开创性的。1980 年，奥恰里尼在一次谈话中虽然没有提及他自己的那个错误引用混淆了物理学界的看法之事，但他仍然高度评价了赵忠尧的业绩，认为赵忠尧发现的 ThC" 射线的反常吸收，不仅在美国而且在英国也给出了这方面研究的出发点。

看来到 20 世纪 80 年代的时候，安德逊和奥恰里尼都强调，早在 30 年代赵忠尧的工作确实激发了他们所完成的革命性的研究。这一研究转而导致物理学家对量子电动力学的理解。而他们并没有提及当时与之相关的赵忠尧的竞争者的工作。

对于赵忠尧先生来说，那遥远而美丽的瑞典与之擦肩而过，成了一生的光荣梦想；对于世界物理学界来说，那是一次并不公平的授奖；对于诺贝尔奖的历史来说，那是缺了很重要一页的遗憾。

瑞典皇家学院院士、前诺贝尔物理学奖委员会主任爱克斯朋在 1997 年撰写的一篇文章中也坦诚地写道：

> 书中有一处令人不安的遗漏，在谈到有关在重靶上高能（2.65 兆伏）伽马射线的反常吸收和辐射这个研究成果时，书中没有提到中国的物理学家赵忠尧，尽管他是最早发现硬伽马射线反常吸收者之一，赵忠尧在世界物理学家心中是实实在在的诺贝尔奖得主！

1999 年，爱克斯朋教授在中国高等科技中心作报告时，还高度评价了赵忠尧先生在 20 世纪 30 年代的工作。他说：疏漏赵忠尧先生的这一历史功绩，是一桩很令人不安的、没法弥补的事。

失去诺贝尔奖的遗憾是无法弥补的，但是在揭开历史的迷雾之后，赵忠尧先生成为物理学家心目中真正的诺贝尔奖得主！诚然，赵忠尧应该感到欣慰，因为正是他的实验发现，使人们认识到包括地球的宇宙间存在反物质。在后来的年代里，各种基本粒子的反粒子都被陆续发现。1979 年，当时的联邦德国同步辐射中心佩特拉加速器落成，正式运转，世界著名的物理学家纷纷被邀请到汉堡参加这一庆祝活动。在典礼上，诺贝尔奖获得者丁肇中向与会的十多个国家上百名科学家介绍当时已 78 岁高龄的赵忠尧时说："这位就是正负电子产生和湮灭的最早发现者。没有他的发现，就没有现在的正负电子对撞机。"

当然，我们必须指出，布莱克特和奥恰里尼的引文疏忽，未能突显赵忠尧的贡献，迈特纳在文献上报告的结果与赵忠尧的观察不同，导致瑞典皇家学会对赵忠尧的研究结论提出了疑问，尽管赵忠尧的结果是完全正确的。这一切当然是赵忠尧没有获奖的重要理由。不过，正如一些年轻研究者引用吴大猷先生的话之后提出，赵忠尧未能及时正确地认识到自己的伟大发现也是客观现实。吴大猷说："可惜，赵忠尧先生并没有把他所做的实验跟狄拉克的理论连在一起。……只可惜当时的赵先生差一点点。"同时，这位研究者还认为，赵忠尧"此后没能继续活跃在西方物理学前沿，却回到了落后、闭塞的中国，也是赵忠尧没能获此殊荣的原因之一"。这些分析无疑值得我们今天在看待赵忠尧与诺贝尔奖失之交臂问题上作为参考。

诺贝尔奖这样崇高的荣誉对任何一个科学家来说都是神圣和梦寐以求的，赵忠尧因他人的失误以及诸多其他原因而无缘桂冠，对其个人而言自然是不幸的。但是，值得庆幸的是，赵忠尧对此一直淡然处之，没有埋怨，依然一如既往地认真为祖国工作，并在科学研究以及教育方面做出了自己的杰出贡献，这种精神是真正值得我们后人学习的。自安德逊获奖后几十年，赵忠尧自己也并无多少怨言。在中国科技大学任教期间，他曾和同学们提起这段往事，也没有言及安德逊是在他的研究成果的基础上，受他的研究启发而进行实验研究并最终获得诺贝尔物理学奖的。

赵忠尧与诺贝尔物理学奖失之交臂，对于世界物理学界是一个遗憾，对于中国人来讲更是一个挥之不去的记忆。中国人这么多年来在物理学乃至自然科学方面的发展，已经开始跟上西方科学发展的步伐。但是，国人却总是有一种挥之不去的情结，就是对当今世界科学的桂冠——诺贝尔奖的期盼。从 1901 年诺贝尔奖颁发至今，还没有一个本土中国人获奖，这成了中国人心中长久的痛。尤其是到 2005 年为止，100 多年来，在 176 位诺贝尔物理学奖获得者（其中 J. Bardeen 曾两次获奖）中，有 50 位左右获奖者与粒子物理学研究有关，粒子物理学成了物理学中获诺贝尔奖最多的一个分支。后来获得诺贝尔奖的几位华裔科学家（李政道、杨振宁和丁肇中等）也都是粒子物理学家。因此，在我国粒子物理学界，诺贝尔奖情结尤为突出。当今我国科学界盛传的中国几次与诺贝尔奖"擦肩而过"的遗憾，也大都与粒子物理研究有关。在我国学术界中，传言与诺贝尔奖失之交臂的先有吴有训在康普顿散射实验中的贡献，然后是赵忠尧在发现正电子方面的先驱工作，还有王淦昌与中子的发现。张文裕关于"张室""张原子"与"张辐射"的杰出成就让他名扬国际粒子物理学界，但这些冠名张氏的成就却没有得到广泛的流传和认可。如今举世公认乔治·夏帕克（G. Charpak，1924—2010）在发明、发展多丝正比室方面的贡献，而鲜有人将"张室"之成就与其相提并论。而在这一切的"遗憾"中，赵忠尧确实是最为可惜的。

当然，赵忠尧等虽然没有获得诺贝尔奖，但是，正是他们这些留洋的学子，在归国以后筚路蓝缕，以启山林，开创出了一片粒子物理研究的新天地。因此，对于中国来说，赵忠尧等回国后的创业远较其在国外做出的贡献更为重要。

十　义无反顾回国建立核物理实验基地

写完第二篇论文，赵忠尧就结束了在加州理工学院的学习生活，和一位熟人一同驱车去了芝加哥。他原想到芝加哥大学进行研究工作，但当时芝加哥流氓很多，社会治安极差，经常发生枪案，弄得人们心神不宁。他去的时候，正好看到媒体报道，说在一个月时间内，芝加哥大学附近发生两起枪案，而且被抢的都是中国人。赵忠尧便决定改变计划，前往德国。就这样，赵忠尧又到了德国哈勒（Halle）大学物理研究所工作了一年。1931 年秋末，他去英国访问，在英国剑桥大学卡文迪许实验室见到了原子核物理大师卢瑟福（E.Rutherord）教授。

此时的中国正处在内忧外患之中，"九一八"事变发生，中国的东北迅速沦陷于日本军队的铁蹄之下。当时赵忠尧正从德国前往英国的途中，他是在火车上看报纸，知道了九一八事变的发生，这使他的思想受到极大震动。他原先打算用科学为国家做点贡献，现在敌人打进来了，完全靠科学来解决国家的问题行吗？赵忠尧陷入了深深的质疑之中。究竟应该把自己的精力放在什么地方？他一时找不到答案。本来他打算在英国多逗留一些时日，多参观一些地方，多做一些科学研究，而这时早日回国去的念头突然强烈起来。就在这样的思想斗争中，他当年冬天就回国了。临别时，卢瑟福教授对他说："你回去通过政府或者实业家搞点经费，好好地搞科学。从前你们中国人在我们这儿念书的很多，成绩不错，但是一回去就听不到声音了，希望你回去继续搞科研。"

1931年，赵忠尧回国后到清华大学担任物理系教授。此时，叶企孙从理学院调任清华大学校务委员会主任，吴有训接任理学院院长，赵忠尧曾经一度接任物理系主任。当时清华大学物理系还有萨本栋、周培源等多位教授。这个时期，为办好物理系，大家在极为简陋的条件下，齐心协力地进行教学和科研。

在清华大学，赵忠尧开设了我国首个核物理课程，主持建立了我国第一个核物理实验室。当时中国的核物理研究还是一片空白，但他却在极为简陋的条件下进行了一系列研究工作。

赵忠尧和物理系的同事龚祖同等一起，以"ThC"作源，用盖革—弥勒计数器探测，进行伽马射线、人工放射性和中子物理的研究。他们发现，随着伽马射线波长的改变，铅吸收硬伽马射线而发射的电子要比铝吸收硬伽马射线而发射得多。无疑，这一新成果有着重要意义，也显示出了当时关于反常吸收研究的国际水准。他们的研究报告有的发表在《中国物理学报》上，也有一些发表在英国的《自然》杂志上，如《硬伽马射线与原子核的相互作用》以及《Ag、Rh、Br核的中子共振能级的间距》等。

著名物理学家卢瑟福教授对赵忠尧等新的实验结果极为重

视，把它列为当时国际上关于正电子的重要研究结果之一，并在《硬伽马射线与原子核的相互作用》这篇论文后面加了按语，以期引起国际学术界的重视。卢瑟福教授写道：

> 无疑地，上述实验为正、负电子对的产生提供了极有价值的进一步的证据。显然，从信中可以看出赵教授和龚先生还没有听到关于正电子的工作（在核的很强的电场中，高能 γ 射线转变为正、负电子对）。尽管不能按照赵和龚的方式去解释实验结果，但是这一效应的重要性与其他实验应该是同样的。

卢瑟福教授认为这一实验结果提供了正、负电子对产生的又一证据，并对赵忠尧回国后能自己动手创造条件，继续进行科学研究大加赞赏。

1937 年，抗日战争爆发，赵忠尧先后到云南大学、西南联大和中央大学任教。在那种难以想象的艰苦条件下，他除了教学工作之外，还和张文裕用盖革—弥勒计数器做了一些宇宙射线方面的研究工作。由于在当时的条件下不可能完成这些实验，他便将实验方案写成文章在国外发表。

赵忠尧与他的老师叶企孙一起，培养了一批后来为我国的原子能事业做出重要贡献的人才：王淦昌、彭桓武、钱三强、邓稼先、朱光亚、周光召、程开甲、唐孝威等，诺贝尔物理学奖得主杨振宁和李政道也都曾经受业于赵忠尧。

1930 年，清华大学物理系助教王淦昌考取了公费留学生，来到德国柏林大学深造。在这个世界物理学研究最前沿的大学，王淦昌以他对实验物理学的特殊兴趣和对科学热点的敏锐洞察力，在导师梅特涅的指导下辨识着现代物理学发展的新方向，并于 1933 年 12 月取得了博士学位。1934 年 4 月，王淦昌博士乘船回到了灾难深重的中国，先后在山东大学和浙江大学物理系任教授。王淦昌身在落后的中国，却时刻关注着国际上物理学的重大进展。

1937 年，法国巴黎大学镭学院的居里实验室来了一位中国留学生钱三强，他与王淦昌一样都是清华大学物理系的毕业生。来到巴黎后，钱三强在约里奥－居里夫妇的指导下，从事放射线研究。1946—1947 年，钱三强与夫人何泽慧发现了铀核的"三分裂"。后来他们还发现了概率更小的"四分裂"现象。他们的这一工作被约里奥－居里夫妇认为是该实验室自第二次世界大战结束以来最主要的成果之一。

同在清华比钱三强高一级的彭桓武，是个潇洒倜傥、富有传奇色彩的人物。1938 年冬，他来到英国爱丁堡大学理论物理系，投奔鼎鼎大名的玻恩（M. Born）教授读博士研究生。众所周知，玻恩在量子力学的发展中起了奠基性质的作用，并在德国最著名的哥廷根大学建立起一个学派，使该校物理系成了当时世界上理论物理的研究中心。

彭桓武在玻恩教授的指导下，研究固体理论和量子场论，并在这两个领域中取得了突出的成就，获得了两个博士学位，

1935年，清华大学物理系部分师生在大礼堂前合影（前排左起戴中扆、周培源、赵忠尧、叶企孙、萨本栋、任之恭、傅承义、王遵明）

这在那时的中国留学生中是独一无二的。

赵忠尧在这一段清华大学任教和研究的工作中，取得了进一步的开创性的成果。他自己也是非常满意：

当时，清华大学正在成长过程中，师生全都非常积极。叶企孙教授从理学院调任校务委员会主任，由吴有训教授接任理学院院长，我曾一度接任物理系主任。系里还有萨本栋、周培源等多位教授。这个时期，在极为简陋的条件下，为努力办好物理系，大家齐心协力，进行教学和科研，实为难得。科研方面，各人结合自己专业开展研究，气氛很好。我在德国时，还联系聘请了一位技工来清华，协助制作像小型云雾室等科研设备。我们自己动手制作盖革计数器之类的简单设备，还与协和医院联系，将他们用过的氡管借来作为实验用的放射源。我们先后在伽马射线、人工放射性、中子共振等课题上做了一些工作。

但是，这之后，由于日寇的步步进逼，大部分国土沦陷，清华大学南迁，研究工作不得已而中断。

在清华大学当教授的那几年，赵先生一家人在北京过着小康生活，但是，他仍然很节俭。他在美国获得了博士学位，却没有变得洋派起来。他衣着朴素，不抽烟，不喝酒，跳舞也不曾学会。还在美国留学的时候，有一次他应邀参加洛杉矶华侨的中学生联欢会，因为不会跳舞，无事可做，便中途退席。以后再来邀请，他干脆不去了。

十一 何以报国：平民教育和科工救国

九一八事变充分暴露了日本军国主义吞并整个中国的野心。当时赵忠尧还在国外，国难当头，心中焦虑，决心尽快回国。个人原打算专心于教学与科研，为国家做点贡献。可面对凶狂的敌人，科学救国、工业救国都不能应急，只能先回到清华大学任教，把大部分时间用在教学和科研上，并尽一切可能探索为国效劳的道路。

赵忠尧热爱科学，但更爱自己的祖国。祖国的落后和民族的危亡，时时触动着他的神经。他信奉着"勿以善小而不为，勿以恶小而为之"的人生信条。他不摆学者的架势，只要看来是能使国家富强的事，他都愿意干。当时，清华大学的一些同事对平民教育感兴趣，而那时有位搞社会教育的晏阳初先生对平民教育很热心，在河北定县农村搞了一个平民教育的实验点。于是，赵忠尧就和一些同事一起到定县去参观。

提倡平民教育的人士宣称，平民教育可以解决中国人的愚、穷、弱，增加生产。赵忠尧基于想为国家做点事，参观时很诚恳地问道："定县是模范县，养良种猪，农民收入增加，身体也好。不过，我有两个问题：定县搞平民教育的钱是外国捐助的，如果靠中国自己的力量来搞行不行？定县搞成模范县，能否带动起旁的县也这样搞？我在清华大学教书，但是如果需要，我也愿意去办平民教育。"但是得到的回答是：这大概都办不到！不过，提倡者希望他不要失望，告诉他："我们做试验，想找出一种使中国很快强盛起来的办法，等到有了好的政府来赞助，就可以很快搞好。"赵忠尧听了，说道："要是这样，我就不去搞了。如果有很好的政府，科学也可以搞，工业也可以搞，我不一定去搞平民教育。"参观完毕之后，县长给大家作报告。那时正当盛夏，报告还没听完，赵忠尧就中暑晕倒，大家都笑了："你身体也不行，还是搞搞你的科学吧，管的事情不要太多。"

不过，这次对平民教育的学习和考察，也不是没有成果。赵忠尧后来回忆说：

> 我利用暑假去定县参观，既了解到中国农村的贫穷困苦，又看到那里缺少文化，亟待改造。虽然这种投入很有限，但对我触动很大。对我以后参加办铅笔厂，替国家采购仪器、部件，加工设计等都是有影响的。我去做这些事，都是经过考虑的，都是克服了困难，尽力去办好的。不久，华北沦陷，平民教育的路也没有了。

平民教育做不成，但是，为国家出力、为民族救亡出力的思想却越来越强烈。

在 20 世纪 30 年代初，中国掀起了一场颇具规模的"科学化运动"，科学家顾毓琇先生曾撰文提倡："以科学的方法整理中国固有的文化，以科学的知识充实中国现在的社会，以科学的精神光大中国未来的生命。"1933 年 1 月，为推动科学化运动的开展，一个全国性的团体——中国科学化运动协会在南京成立，以实现"科学化民众，科学化社会"。在这场"科学社会化"运动中，科学救国、工业救国成了其中的重要内容，爱国人士中科学救国、工业救国的思想十分普遍。于是，赵忠尧很想在这方面做点工作。

20 世纪 30 年代，中国的"科学化运动"以及科工救国，是一股强大的潮流。

1935 年 2 月 20 日，顾毓琇博士在清华大学写了《中国科学化的意义》一文，对"科学社会化"给出了一个极富代表性的表述："科学家可以为科学而研究科学；他们可以使科学限于自然，亦可以使科学推及社会。科学而推及社会，便是科学社会化。"中国科学社董事、北京大学教授任鸿隽于 1934 年写了《科学与教育》《科学与实业》《科学与工业》三篇文章，其基本观点是：科学的普及并与教育、实业、工业相结合，为科学化之表现，科学化可促进教育、实业、工业及整个社会、人类的发展，同时，科学也可以从中得到发展。他在论述科学与实业的关系时提出了三点：一是科学促进近代实业的产生；二是科学带来实业之进步；三是科学利于实业之推广。在谈到科学与工业的关系时，他指出："社会政治之组织，国民生计之情状，无不与工业有直接关系。""近代国富之增进，由其工业之发达，而其工业之起源，无不出于学问，因以见学校中科学教育之窒已。"他特别强调了科学在促进工业及社会发展中所起的作用，因此必须加强科学社会化的过程。

与此相关，当时强调科学的应用也成为潮流。1932 年，南京政府教育部部长陈果夫发布了"教育改革方案"，其中除了指责大学文法学院招生太多、毕业生失业人数增加而造成社会动荡之外，特别强调了要用十年的时间改革大学教育，停止招收文法学院和艺术院校的学生，把这方面的经费转移到工、农、医各科，公费出国的留学生必须学应用学科，等等。这个方案曾引起知识界一些人士的不满，但是，应用科学的发展却因此成为潮流。

在当时科学社会化的大潮中，更多的学者开始论述应用科学的重要性。1932 年，日新舆地学社出版的《科学救国与专才救国》一书就明确指出："今日言救国在：改造心理——只有应用科学；增进生产——只有应用科学；强固国防——只有应用科学；活动经济——只有应用科学；改良政治——只有应用科学；肃清土匪——只有应用科学。"因此，应用科学"一结解而百条施"：

　　应用科学，则教育可以普及；教育普及，则民智可以提高；民智提高，则生产可以增进；生产增进，则民力可以充裕；民力充裕，则实业可以发展；实业发展，则富源可以增加；富源增加，则国家富力可以增大；国家富力增大，则国防政治皆可进入轨道。措施裕如了，上既无聚敛之劳，下自有安康之乐，全民的事业精神不期然而然地向建设程途上走去。那欲国势之不一鸣惊人，还可得么？

1934年，《中山文化教育馆季刊》主纂人曾以"科学救国"为题进行征文。吴稚晖在征文中也说："救国多端，当不能单纯侧重科学。""欲救垂死之国，重在应用。欲矫国人数千年纸上谈兵之旧习，不可仅恃一知半解，以科学为口头禅，供大菜桌上谈天，即算了事，大小务求其应用。"因此，他干脆将征文题目"科学救国"改为"科工救国"。他在这篇征文中甚至认为：

农学生者，乃农人之高等者；商学生者，乃商人之高等者；当别立一士学生之名目，以文法哲学生为徒食寄生虫之高等者，如此则允矣。如此则所谓学校，乃士农工商俾各尽其才之公共养成所。照实际士农工商之成数而分配之，假令一学校教学生千人，农生宜五百，工生二百五，商生百五，士生不过百，方合立学之原则。而中等教育，亦应以此为比例，生产教育学校，应多于普通中学，不待言矣。

显然，这些是比较典型的强调应用科学的观点。

到1935年以后，日本对中国的侵略进一步扩大，科学研究要为抗战服务的呼声再次高涨，纯粹科学与应用科学的地位之争再次尖锐。化学家李尔康说，在此国家危急之际，每个科学家都应该放弃纯科学意见和个人的荣誉，全力为国家的急需做贡献，甚至说"爱因斯坦有着伟大科学家的荣誉，但他却无家可归，无地休息"等。1936年一贯主张学术自由的中央研究院院长蔡元培出面讲话，说在当前的危机中，科学家应该对国家的需要给予最大的注意，中央研究院应该用技术力量为国家急需服务，但是也应有纯科学研究工作的地位，纯科学和应用科学是相互依赖的，不能忽视任何一方。

1933年，顾毓琇写了著名的《我们需要怎样的科学》一文，认为要讨论中国到底需要什么样的科学，必须先从认识当时的时代特征开始。那么，顾氏所谓的时代又是怎样的呢？他说：

我认为现在的时代已经不是巴斯特发明微菌的时代，已经不是牛顿发明力学定律或是瓦特发明蒸汽机的时代，已经不是麦克斯韦建立电磁场理论或是爱迪生发明电灯泡的时代。假使中国的青年都立志于要做发明家，要学巴斯特，要学牛顿、瓦特，要学麦克斯韦、爱迪生，发明点划时代的科学贡献，恐怕很少人可以有那样的成就。科学的进步到现在，差不多各方面都有许多人做过长时间的努力。换句话说，各项科学研究，已经渐进于精细的境界，你要努力于科学的研究，只可以先做点关于极少部分的工作。

他进而得出如下结论：

一、现在世界上已有的发明已经够中国目前救亡图存的需要了。

二、中国太危急了，等不及新的发明。

三、新发明不一定能够救中国。

四、中国太穷，要做许多纯粹的科学研究，实为经济所不许。

五、科学研究同科学发明不是个人可以立志强求的。

六、我们大部分学科学的青年，恐怕仍倾向实业界去找正当的出路。

七、中国的科学教育方针，应注重基本训练，而以促进物质进步为重要目的。

八、我们目前最需要的不是科学的新发明，而是已有的科学发明的应用。

在这种强调应用科学、开展科学社会化、推进科工救国的热潮推动下，除科研教学外，赵忠尧日夜苦思，也决心找出一条立即可以生效的救国道路。他曾尝试了多种途径——科学救国、平民教育、工业救国等。但由于个人出身及身体等条件的限制，所选择的多为改良的道路，始终未能投身于革命的洪流，与付出的努力相比，收效甚微。尽管碰了不少钉子，但毕竟身体力行，尽了努力，从各个方向试着去做一点于国家民族和老百姓有益的事。

抱着工业救国的良好愿望，赵忠尧想结合出国数年积累的经验，在国内仅有的少数企业中寻觅伙伴，探索技术，创办小型的国产工业。同时，他看到国外许多科研工作是企业支持的，觉得中国也可以试一试。办好工厂，不仅可以为国家做贡献，而且将来还可以支持他的科研工作。于是，经过反复酝酿，他拿出自己工资的结余，又在朋友中筹集了一些资金，联合叶企孙教授和施汝为、张大煜等少数友人，创办起了一个小小的铅笔厂。大家不以营利为目的，小则可以发展实用科学，大则可以创办国产工业，以此作为从事实际生产、为国出力的起点。

当时，中国的工业极其落后，即使像铅笔这样的简单产品也大多是从国外购入铅芯等半成品，然后在国内加工成成品。赵忠尧建铅笔厂所需技术与投资都在力所能及的范围内，他们从实际出发，力求在国内完成整个生产过程。他们除从国外购进必要的机器设备外，还自己动手做了一些铅笔生产所必需的工艺实验。

赵忠尧与郭子明等几位技工进行削木头、制铅芯等必需的工艺实验，先后经历了不少困难。由于当时国难当头，大家义愤填膺，这个厂得以在困难中办起来，全由大家的爱国热情所支持。厂址原定在北京，后由于日寇步步进逼，只得改建在上海。厂名定为"长城铅笔厂"，"长城牌"铅笔由此问世。由于资金微薄，缺乏管理经验，加上政局动荡，真是难上加难，后来工厂失火，几乎倒闭。

这时，有几个资本家见这个行业还有利可图，于是建议由他们投资合股经营。从此，工厂主要交给他们去办了，赵忠尧才如释重负。原来以企业支持科研的设想落了空，还虚掷了教书得来的工资，耗费了许多精力。但是给中国的铅笔工业奠定了一点基础。

后来，工厂几经盛衰起落，能挺过抗战，一直坚持到胜利，实在不容易。新中国成立后，这个厂改建成"中国铅笔厂"。20世纪50年代，"长城牌"铅笔改名为"中华牌"，工厂也得到很大发展。这样，30年代开始生产的"长城牌"铅笔总算没有中途夭折。

花开花落，岁月了无痕迹。赵忠尧先生实业救国的良好愿望，如同他创办的长城铅笔厂一样，早已写进了尘土飞扬的历史，但令我们久久难以释怀的是赵忠尧先生那份拳拳爱国之情。

十二 西南联大的艰苦岁月

1937年7月7日，卢沟桥的枪炮声改变了中国的历史，也改变了中国知识分子的命运。"七七"事变发生之后，赵忠尧、吴有训等教授不愿在日本人占领的地方做事，利用清华大学的休假，率先离开了北京。不久，清华大学、北京大学和南开大学南迁，在长沙成立临时大学，三校校长蒋梦麟、梅贻琦、张伯苓为常务委员主持校务。赵忠尧也就随同迁到了长沙。

此时，云南大学校长熊庆来先生申请到一批中英庚款补助，多方聘请教师。赵忠尧也因此受聘到云南大学物理系当教授。于是，赵忠尧全家又辗转南下到了昆明，在云南大学物理系任教，教了一年的物理和数学。赵忠尧在云南大学曾和傅承义老师一起吸收费米、维格纳、贝特（三位以后都是诺贝尔奖得主）当时的研究成果，就银原子核中不同能量电子的共振吸收问题进行研究，取得很好的成果，写成的论文《银原子核中不同能量中子的共振吸收》发表在1938年8月《云南大学学报》创刊号上。赵忠尧、傅承义的研究处于当时核物理研究的前沿。

在云南大学，赵忠尧主要教授物理和数学。他平易近人、海人不倦、认真负责的作风给云南大学学生留下了深刻的印象。特别是他认为实验是物理学发展的源泉，所以，他十分强调学生要学习实验技术和培养动手能力，深受师生的尊敬和爱戴。

1938年秋，随着日寇的不断入侵，上海、南京相继沦陷，日寇步步进逼武汉、长沙，临时大学不得不再次西迁到云南昆明，到达昆明后改名为西南联合大学（简称"西南联大"）。赵忠尧又以清华大学成员的身份，回到西南联大任教，直到1945年。

在偏居西南一隅的云南，西南联大的许多专家教授、学者都深信"只有知识是惟一的救星……惟有知识才能使我们不至认国运之盛衰国脉之绝续仅系于一城一堡之被外兵占领与否"。出于对国家和民族的高度历史责任感，西南联大的师生们苦苦探索救国之道。赵忠尧也同样孜孜以求，刻苦钻研教学与科研。

西南联大是由三所著名大学联合建立起来的，因此，该校特别具有宽松自由的教学和学术氛围，形成了"和而不同"的精神，更孕育出西南联大的优良校风。"自由教学"是它的显著特点。这里所谓自由，并不是错综复杂和散漫紊乱的代名词，而是一种有组织的、负责的、尊重个性和学术独立的自由。在这种校风下，西南联大的教师们做学问极其认真，形成了一种追求真理、热爱自由、尊重传统又合乎理性的气氛。

西南联大物理系集中了三校精华，人才济济，中国物理学界许多学术造诣很深的知名教授在这里执教。有对我国物理学事业做出卓越贡献的元老饶毓泰、叶企孙、吴有训等，有学术造诣极深的周培源、吴大猷、赵忠尧、朱物华等，还有抗战前后学成回国的青年教授孟昭英、于瑞璜、范绪筠、王竹溪、张文裕、马仕俊等。他们当中在1948年当选为中央研究院院士的就有饶毓泰、叶企孙、吴有训、吴大猷、赵忠尧等，先后当选为中国科学院学部委员的就有11位，真可谓群星荟萃、济济一堂。

西南联大物理系的教学当时已达到世界水准。1945年杨振宁到芝加哥大学物理系攻读博士学位，他回忆道：

> 那几年我在昆明学到的物理已能达到当时世界水平。譬如说，我那时念的场论比我后来在芝加哥大学念的场论要高深，而当时美国最好的物理系就在芝加哥大学。

1945年，黄昆去英国布列斯托尔大学读博士学位，他觉得自己"基本知识增加很有限"，认为自己虽然名义上是硕士毕业去英国读博士学位，但实际水准，特别是量子力学程度已远远超过了他的英国同学，达到了博士后研究人员的水平。在中国人民抗日战争极其艰难困苦的岁月中，西南联大物理系培养出了诺贝尔物理学奖获得者杨振宁、李政道，国家最高科学技术奖获得者黄昆，"两弹一星"元勋邓稼先、朱光亚、郭永怀（助教和研究生），以及张守廉、李荫远、黄授书、徐叙瑢、应崇福、高鼎三等一大批杰出人才，成为中国教育史上一朵绚丽的奇葩。

在这样的氛围中，虽然条件极为艰苦，但是，赵忠尧和其他教授一样，继续着求知与报国之路，诠释着"刚毅坚卓"的内涵，成为在苦难的历史和环境中崛起的中华民族的脊梁。

在西南联大，赵忠尧夫妇俩带着女儿赵维志、儿子赵维仁一家四口，住一间屋子，又和另外一位教授合用一间屋子，条件比较差。尽管如此，他备课仍和往常一样，常常工作到深夜。女儿维志晚上一觉醒来，时常看到父亲还端坐在书桌旁边，认真钻研。

赵忠尧教授虽然口才不十分好，然而由于学问精深，加之备课一丝不苟，讲课态度认真，他讲的内容常常能给学生留下深刻的印象。

这期间，除教学外，赵忠尧一如既往地开展科学研究工作。他还与张文裕教授合作，用盖革—弥勒计数器，进行宇宙射线方面的研究。

1939年入学的沈克琦曾听过赵忠尧讲授的理论力学等课程。"当时赵忠尧先生给我们上的是理论力学课，他刚从国外回来，在物理学界已经小有名气。"沈克琦说，"他在1927年到加州理工学院攻读学位，做硬伽马射线吸收系数的测量工作。因发现伽马射线反常吸收和特殊辐射而受到物理学界的关注。""是我国原子核物理、中子物理、加速器和宇宙射线研究的先驱者和奠基人之一。"事实上，除了沈克琦外，邓稼先、朱光亚、杨振宁、李政道等人都是赵忠尧在西南联大的学生。

抗日战争时期，赵忠尧一家一开始住在大后方春城昆明的荨麻巷。该巷以这种茎叶满布毛刺、触及皮肤就会疼痛红肿的草本植物为名，小巷早先的荒凉情景可想而知。直到西南联大内迁后，这条小巷才热闹起来，并且更名为文化巷。它出北口穿过城墙缺口就是西南联大校舍，出南口穿过卵石铺砌的文林街便是长方石板的"大道"——钱局街。每天清晨，赵忠尧身穿布大褂，足蹬厚底布鞋，夹着讲义去物理系授课，妻子在家操持家务，女儿维志则出南门去上学。

一开始的时候，生活还算稳定。特别是刚到昆明的时候，见那里气候温和，供应也不错，而且大后方没有战争的干扰，赵忠尧曾庆幸自己终于找到一个好地方，可以过安定地生活了。

然而，好景不长，由于抗战形势的变幻，国统区通货膨胀，教师们多年的积蓄化为乌有，薪水不够维持生活。国民政府滥发钞票，教育部门管理混乱，大商人囤积居奇，战线不断后撤，造成物价急速飞涨。可以说，西南联大从成立的第一天起，便陷入了严重的经济困难中。国民政府因战时经济吃紧，大幅削减了文化教育经费，再加上西南联大办学经费的另一项最重要的来源——清华大学的庚款基金后来又突然停付，西南联大一下子落入深谷，陷入了难以维持下去的严重经济危机中。

与此同时，战时经济的恶化严重影响着西南联大师生的生存。从1937年9月开始，教师们的薪金以50元为底，余下的只按70%发放，除去各种捐税，实际到手的只有一半。到1943年下半年，教师们的薪金只合战前的8元3角（战前为350元），随着物价的上涨，广大师生的生活陷入了严重的贫困之中。联大教授之穷、物质生活之极端贫困到了难以想象的地步。

西南联大外语系学生贺祥麟目睹了这样一件事情：有一天晚上，他去当时昆明最繁华的商业大街正义路一家拍卖行闲逛时，居然看到了他的法文老师、西南联大法文专业首席教授拿着师母的游泳衣在正义路街头贩卖！见到自己崇敬的教授如此落魄，他简直难以承受，于是失魂落魄地赶快逃走。

另一件相似的事也传为笑谈：一名乞丐在大街上追逐朱自清先生乞讨，朱自清被纠缠得无可奈何，便回头说道："别跟我要钱，我是教授！"那位乞丐听到这句话，一声不吭，扭头就走。

在这种情况下，为了渡过难关，教授们都不得不想办法赚钱贴补家用，在教学之余，进行适量的兼职。但由于教授们在平时大都不治生产，于是，有的教授不得不典卖物品。教授们的夫人受害尤烈，能卖的首饰嫁妆早已主动拿出，给丈夫丢进了当铺商行。

平时喜欢动手、善于做实验的赵忠尧，在这场困难中，竟然想出了办法自制肥皂出售，以此来勉强维持生计。从配方、烧结、成型、切块、打印到装盒的全过程，全家一起动手，卖几个钱贴补家用。

随着战局日益紧张，日寇飞机狂轰滥炸也开始了，生活变得很不安定。1938年9月初，新学期刚开始，西南联大师生们就遭受了从天而降的战火的洗礼。日军不断对远离战争前线的昆明进行骚扰，搅得人心惶惶。教师们早上骑着自行车去上课，课程进行中，警报一响，大家立即把书夹在自行车后面，骑车去找防空洞。人们以为城墙根安全，结果很快就被炸为废墟。

华罗庚先生甚至被爆炸的土块埋住，后来得以逃生。

赵忠尧的女儿赵维志曾回忆那个战火纷飞的年代，她说，1940年，敌机轰炸昆明频繁。大西门城楼上一挂起红灯，文化巷内顿时人声嘈杂，人们忙着收拾细软，带上炒面粉等干粮，拥挤着穿过拱形城门洞，到城外野地坟堆去"躲警报"。

"呜——"吓人的紧急警报响起，有的人加快脚步向城外奔去，有的就地卧在城墙脚下。敌机瞬间已低飞到城区上空，随即俯冲投弹，机枪扫射，还有高射炮声。赵忠尧一家躲在石碑后坟脚下，身子紧贴地面。后来，随着单调冗长的解除警报声响起，大家才拖着疲惫不堪、满是尘土的身子，向城内走云。只见城墙脚下的一口井给炸成了"双眼井"，小巷土墙上也是弹痕累累。这次，赵忠尧家的双扇大黑门也被炸开了，厨房小竹凳上还嵌入了一块弹片。这次大轰炸后，赵忠尧一家不得不随着西南联大教职工们被疏散到离城十几里地的乡下。

这是个倚山的小村子，往西是海源寺，还有一幢金碧辉煌的龙云别墅。一进村就是一片片黄灿灿的油菜花，还有绿油油的秧田。这里虽然有时也会有敌机掠过的阴影，但毕竟不是轰炸的目标，他们因此得到片刻的安宁。不过，赵忠尧等教师们要艰辛地骑自行车到城内去授课。

赵维志说，当时他们1家和20多户联大教职工一起借住在开明士绅惠老师的大院内。进门楼左侧是赵访熊、任之恭、杨业治、吴达元等教授家，右侧旁院是范绪筠、叶楷、赵九章等教授家。穿过当时少有的水泥打谷场，是吴有训教授家。楼上杨武之家和赵忠尧家是"交叉"邻居，赵忠尧一家要穿过杨家外屋及卧室才能到自己家。杨武之是杨振宁的父亲。当时杨振宁正在联大读书，小孩子们都叫他杨大哥。每当周末，杨大哥从联大学习回来，也总是会给邻居小弟弟小妹妹们讲《苦儿流浪记》等故事。

这样一个地方，虽然住得拥挤艰苦，但邻居相处得非常融洽和谐。特别是各家的小孩子们最为兴奋，维志也经常带着弟弟维仁和小朋友们一起游戏玩耍。

孩子们被小村子里低垂的含羞草、道旁的马豆串深深吸引。男孩吹着响豆，女孩吹掉蒲公英的白花絮。他们在田埂和大堤上追逐奔跑。那边，第一次下乡、戴着近视眼镜的吴家惕生大哥扑哧一脚踏进了葱绿的秧田，好像错把平整的水田当成了清华园大礼堂前的草坪；这边，杨家酷似双胞胎的老二振平和老三振汉正趴在地上打玻璃弹子球。

忽然，远处一人挥鞭骑马飞奔过来："哈哈，我是周伯伯！"孩子们无不羡慕并崇拜这位高大英俊潇洒、博学多才、还会骑马的周培源伯伯。

孩子们一方面被乡下特有的景色所吸引，玩得痛快；另一方面在父辈们的影响下，延续着清华园里形成的很好的读书风气。在赵忠尧住的那间小屋的后半间，父辈们就用木板隔开，建成了几家孩子的小小图书室。那里，从《爱丽丝漫游奇境记》到《木偶奇遇记》，从《福尔摩斯》到《亚逊罗平大盗》等，应有尽有，让孩子们拥有了一个很好的学习空间。

1942 年，赵忠尧小女儿维勤出生了，虽然生活仍然艰苦，负担很重，但是各家融洽和谐地相处，加上孩儿们无忧无虑、天真活泼地快乐成长，赵忠尧心里甚是欣慰。

在西南联大的艰苦岁月里，赵忠尧等物理系教授们还进行了一场现代物理的会战。李洪涛在《精神的雕像——西南联大纪实》中记述了赵忠尧利用从英国带回的 50 毫克放射镭开展的物理实验过程。

1937 年，清华的物理学教授赵忠尧从英国剑桥大学卡文迪许实验室学成归国时，卢瑟福博士将 50 毫克放射镭交给了他。带着 50 毫克镭回国后，为了找到学校的师生们，赵忠尧冒着被杀头的危险，化装成难民，把装镭的铅筒放在一个咸菜坛子里，带到了长沙。这是当时中国高能物理的几乎全部家当。

赵忠尧随学校的队伍转道香港，在列车上，他始终把那个套着铅筒的玻璃瓶紧抱在怀里，两天两夜不敢合眼。到尖沙咀时，学校租了个废旧仓库供大队人马宿营，在这儿住了一个星期。为了这 50 毫克镭，赵忠尧寸步不离仓库。睡觉时他把铅筒从玻璃瓶里取出来，压在身子底下，50 毫克放射镭终于安全带到了昆明。由于赵忠尧一直把那只装铅筒的瓶子抱在怀里，他胸膛上已深深印上了两道血印子。

1942 年初，物理系为了给高年级学生开设高能物理方面的课程，打算建一台小型的回旋式粒子加速器，利用赵忠尧带出来的这50毫克镭进行物理实验。粒子加速器是现代物理揭示微观世界的一只眼睛，1930年美国科学家劳伦斯设计了世界上第一台回旋加速器模型，并进行了表演。没有这样的设备，中国的现代物理将永远停留在理论阶段，这无疑是一个非常尖端的高科技项目。张文裕、吴大猷、王竹溪、郑华炽、钱三强、彭桓武等一群科学家立即响应，理学院院长吴有训、叶企孙给予热情支持，于是有了中国科学界进军现代物理学领域的第一次会战。

　　加速器研制遇到的第一个难题就是要有大量钢铁。战争时期，钢铁属军事物资，市场上根本买不到；即使能买到，联大物理系的穷教授们也买不起。于是物理系发动高年级学生收集废钢铁。杨振宁、朱光亚、黄昆等高年级同学首先被动员起来，他们每天提着麻绳，拎着箩筐，在昆明城里走街串巷，脚下的鞋子磨破了，衣服也被捡来的废铁钩了几个洞。"有破钢烂铁收来卖——"杨振宁像许多同学一样，用学来的昆明话喊着。这年邓稼先进入了大学三年级，他跟在杨振宁后面也加入了收集废钢铁的行列。为了化铁为钢，物理系又悄悄在学校后面的白泥山建了一座小高炉。但几个月过去了，收集到的废钢铁才一百多公斤，离建一台回旋加速器的要求还差得老远。由于种种困难，到了这年秋后，联大物理系研制回旋加速器的计划终于告吹。

诚如李洪涛所说："赵忠尧并没有白白带回那50毫克镭。"当年在昆明城北小虹山下，莲花池畔，西南联大物理系师生曾经为之奋斗过的事业，激发了一代又一代中国核科学家的斗志。1959年，赵忠尧教授亲自参加了划时代的中国第一台粒子加速器研制工程，并取得成功。他一直活到90多岁，亲眼看到了中国第一枚原子弹和第一枚氢弹的爆炸，亲眼看到中国第一艘核潜艇下水，还看着第一个高能量正负电子对撞机问世，第一个核电站破土动工……这些成果，有将近一半的技术力量，来自赵忠尧和他的学生们。1962年，邓稼先带着国家和人民的重托走进大漠，开创共和国的核工业。西南联大学生杨振宁、朱光亚、黄昆等，后来都成了这个领域响当当的巨人。在他们的一生中，始终牢记着当年西南联大的四字校训，它们是：刚毅坚卓。

1945年冬，应中央大学吴有训校长邀请，赵忠尧离开西南联大，赴重庆担任了中央大学物理系主任。他主持中央大学物理系期间，新建起原子核研究室。

到了重庆，中央大学又准备迁回南京。赵忠尧只在中央大学教了半年书，便被中央研究院总干事萨本栋教授推荐去美国参观在太平洋中的原子弹实验。

十三 一场核物理热的急速升温

　　20 世纪三四十年代，核物理的重大发现和发展在世界上引起了极大的反响，同时也在中国引起了一场核物理热。

　　郑绍唐分析物理学在核武器发展中的作用时，列举了核物理的一系列重大发现的过程。他说，20 世纪 30 年代，世界上科学最发达的国家是西欧的英、法、德三国。1932 年 2 月 27 日，英国剑桥大学卡文迪许实验室的查德威克（James Chadwick）发现了中子。1932 年，德国的海森伯（W.Heisenberg）和苏联的伊万年科（д.д.Иваненко）独立发表原子核由质子和中子组成的假设。1934 年，法国的约里奥－居里夫妇（F. & I.Joliot Curie）用 α 粒子轰击原子核，发现人工放射性。意大利物理学家费米（Enrico Fermi）用中子轰击能够得到的所有元素，在短短几个月中发现了 60 多种新的人工放射性核素，很快跑到世界原子核研究的前列。1938 年秋，德国放射化学家、德国威廉皇帝化学研究所所长哈恩（Otto Hahn）和助手斯特拉斯曼（Fritz Strassmann）获悉 F. 约里奥－居里和南斯拉夫人萨维奇（P.Savitch）用中子轰击铀时发现产物中有元素镧，于是重做实验，发现了铀核裂变现象。由于这一现象当时是不可理解的，哈恩发表文章时没有对他们的发现作出明确的物理解释，是犹太血统的奥地利女物理学家丽丝·迈特纳（Lise Meitner）与流亡在玻尔研究所工作的、她的外甥弗里希（O. R. Frisch）借助于玻尔（Niels Bohr）的液滴模型，提出核裂变概念，解释了哈恩和斯特拉斯曼的实验结果，并把这一现象定名为裂变（类似于生物学中细胞的分裂过程），还根据爱因斯坦的质能守恒原理预言裂变时将释放出巨大能量。弗里希很快将裂变的发现告诉了玻尔，正好玻尔准备动身去美国，等他到了美国后又告诉了费米。费米得悉这一消息后，立即研究实现链式反应的可能性。因为要使裂变放出的巨大核能的利用成为可能，必须在裂变时释放足够数量的中子，如果每次裂变反应释放的中子除去损耗的以外，还有一个以上的中子去引起下一个裂变，裂变反应就能接连不断进行下去，形成所谓"链式反应"，核能就能在大块裂变材料中大规模释放出来，因此认识到在一定条件下制造出惊人威力的武器是可能的。很快，在 1939 年 4 月，法国的 F. 约里奥-居里、苏联的库尔恰托夫和美国的费米小组都宣布测到了裂变的次级中子。1941 年 7 月，美国在费米和西拉德（L. Szilard）领导下开始设计核反应堆。1942 年 12 月 2 日，在芝加哥大学一座网球场，反应堆达到了临界态，实现了自持的链式反应，功率 0.5 瓦。这是世界上第一座可控原子核链式裂变反应堆，从此人类开始了原子能利用的新纪元。

同历史上许多科学技术的新发现一样，核物理学的新发现也首先被用于军事目的。

正当核物理学迅速发展的时候，1939 年 9 月，希特勒挑起了第二次世界大战。身受纳粹迫害之苦、流亡在美国的三个犹太裔匈牙利物理学家西拉德、维格纳（E.Wigner）和特勒（Edward Teller）深恐纳粹德国首先生产出原子武器来，他们说服爱因斯坦于 1939 年 8 月 2 日写信给美国总统罗斯福，吁请总统注意到"近四个月里，通过约里奥在法国的工作与费米和西拉德在美国的工作，已经有把握地知道，在大量的铀中建立起原子核的链式反应会成为可能……由此可以制造出极有威力的新型炸弹来"。在此推动下，1939 年 10 月，罗斯福总统决定成立铀顾问委员会。1941 年 12 月 7 日，珍珠港事件爆发，8 日，美、英对日宣战，美国卷入第二次世界大战，研制原子弹的工作大大加速。

美国为了抢先在纳粹德国之前造出原子弹，制订了著名的"曼哈顿工程"计划，这一计划动员了成千上万的科学家、技术人员、管理人员和间谍，耗费巨资，在世界上第一次造出了原子弹。美国组织的"曼哈顿工程"于 1942 年启动。这一计划在新墨西哥州偏远的沙漠地带洛斯阿拉莫斯进行，历时 4 年之久，有 20 多万人参与，包括十几名已经获得或即将获得诺贝尔奖的科学家。

曼哈顿计划是二战中最昂贵的计划，5 年中耗费了盟军约 18 亿美元（相当于今天的 130 多亿美元），共研制出 4 枚原子弹。第一枚于 1945 年 7 月 16 日在新墨西哥州沙漠试爆，爆炸威力是预期威力的 4 倍，相当于 1.9 万吨烈性炸药 TNT 的威力。

为了更彻底地打击日本，美国决定在日本使用原子弹。第一枚落在日本的原子弹代号"小男孩"，它的设计非常独特，是用一台改装过的发炮装置将一块铀—235 射入另一块铀中。这枚原子弹于 1945 年 8 月 6 日被投在广岛，相当于 1.25 万吨 TNT 爆炸的威力。三天之后，另一枚原子弹落到长崎，这次采用的是钚，威力是广岛原子弹的两倍。

美国利用原子弹突袭广岛和长崎造成了巨大的毁伤。广岛市区 80% 的建筑化为灰烬，6.4 万人丧生，7.2 万人受伤，伤亡总人数占全市总人口的 53%。长崎市 60% 的建筑物被摧毁，伤亡 8.6 万人，占全市总人口的 37%。

1945 年 8 月 15 日，在长崎遭受原子弹轰炸的第六天，日本终于宣布无条件投降，第二次世界大战至此落下帷幕。

原子弹在给二战进程带来影响的同时，也向全世界昭示了原子能的威力。抗日战争胜利后，中国最好的几个物理学机构均制订了核物理研究计划，并在人员和经费上展开了一番竞争，掀起了一场核物理热。

核物理在中国是 20 世纪 30 年代后才兴起的。30 年代初，赵忠尧在清华大学开设了首个核物理课程，建立起我国第一个核物理实验室。此后在中国大学里开设核物理课程的有张文裕、王淦昌。1940—1943 年间，张文裕在西南联大物理系开设了"辐射体与原子核的构造"课程，而王淦昌则于 1942 年秋在浙江大学物理系第一次开设了原子核物理课程。1935 年夏至 1938 年秋，张文裕在英国剑桥大学卡文迪许实验室，师从卢瑟福教授，进行人工放射性和核共振等方面的研究。遗憾的是，1938 年 11 月他便离开剑桥回到了中国，错过了 1939 年初在欧美物理学界兴起的核裂变研究和讨论热潮。1939 年 4 月 22 日，约里奥－居里夫妇的一封信在英国《自然》杂志上发表，他们证实每个核裂变平均可产生 3.5 个中子，从而在理论上证明核的链式反应是可行的。由于当时二战正酣，核裂变研究迅速转入保密状态。因此我们有理由认为，当时处在抗战艰难困苦中的中国物理学家对核的链式反应知识并未有太多的了解，张文裕和王淦昌的核物理课程中也并不包含核的链式反应内容。除了西南联大和浙江大学外，中国的大学中便不再有专门的核物理课程，部分相关知识仅在各物理系普遍开设的"近代物理"课程中稍加介绍，但原子弹的爆炸改变了这种状况。

原子能堪称是迄今为止科学给社会带来的最剧烈的震动之一。中国人在欢呼抗日战争胜利的同时，也对核物理产生了浓厚的兴趣。1945 年 8 月中旬以后的一段时期，有关原子弹和原子能的话题频繁地出现在全国的大小报刊上，一些著名物理学家时常受到社会各界邀请，去做核物理方面的报告。一时，中国要不要开展核物理研究、要不要搞原子弹成了全社会关注的问题。社会贤达纷纷投书政府有关部门，呼吁开展针对性研究。中国科技大学的胡升华曾专门研究过当时这场核物理热在物理学界的影响：

总统府 1947 年 10 月 14 日电饬资源委员会"即传谕各有关机关将铀矿资料抄交参考，并径向各有关机关洽取"，资源委员会相应于 10 月 20 日向全国重要学术机关发了翁文灏签署的密京（36）秘字第 366 号代电，请各机关抄报所存铀矿资源及专门人才资料；而在这番核物理热中唱主角的物理学家更是活跃，争先向政府请缨，开展核物理研究。

　　当时作为国家最高学术研究机关的中央研究院，最早对原子核物理的惊人发展作出反应。中研院总干事萨本栋向蒋介石提出了设置近代物理研究所的方案，以进行原子能和微波这两个二战期间的"明星"项目的研究。然未获批准，得到的答复是："近代物理研究所可先筹划设计，暂时缓办。"其原因有二：一是人员和设备条件确实不成熟。虽然我们没有看到资源委员会关于全国学术机关的铀矿资源和专门人才状况的调查报告，但可以肯定调查结果不佳，多少还开展了一点放射性研究的北平研究院物理所和镭学所上报的材料中，也仅仅开列了下列内容：顾功叙先生可用物理方法探觅铀矿，现正计划设计一专为探测铀矿之仪器；陆学善正用 X 光研究氧化铀的晶体结构；所中储有各种放射性矿物标本和 10 千克硝酸铀，可供研究之用；杨承宗研究的是铀及其他放射性元素的化学，但已去法国；钱三强在法国研究原子能，不久可回国云云。而中研院在这方面则基本上没有基础，其他学术机关的情况也大同小异，因此要办这样一个研究所等于从头开始，蒋介石即便有兴趣，也得算算经济账。二是国民政府已于1945年10月17日公布了《北平研究院组织条例》，将原北研院镭学研究所改成了原子学研究所，这样也就有了一个研究对象为原子核物理与原子能的研究所，不愿意马上再办一个。

成立近代物理研究所的方案被暂时否决后，萨本栋并没有放弃研究计划。1946年原中研院物理所所长丁燮林辞职，萨本栋成为中研院物理所代理所长，他对该所的传统研究计划作了重大调整，新开了原子核物理和电子学两个研究专题。该所1947年8月22日制订的年度计划书中，有关原子核物理研究计划之要点为："各种原子核受中子或其他高能质点之冲击后分裂情形及其因分裂而产生新原子所生之能量等。"预算为国币210亿元，美金50万元，计划在美国订购静电加速器。这种预算尽管合理，但却不是国民政府所愿意接受的，一般人想也不敢想。然而萨本栋凭着他的活动能力和韧劲，居然筹到了5万美元。

从抗日战争胜利到1947年初，因抗战而内迁的学术机关忙于复员及安置工作，正常研究工作基本上处于停顿状态。各单位的工作陆续走上正轨后，开展核物理研究的呼声重又响起，涉足这一领域的学术机关主要有：在南京的中研院物理所和中央大学，在北平的清华大学、北京大学和北研院物理所。回到南京后，中研院物理所与中央大学合作，在南京九华山建造了原子核实验室，意图建立一个核物理的研究中心。中研院物理所在购买核物理试验设备的同时，积极招募研究人才，计划请吴有训任所长，并分别向彭桓武、张文裕、钱三强和吴健雄发出了专任研究员的聘书。且不管他们是否接受，便在1948年6月出版的《中央研究院概况》中发表了这种人员安排，以造成既成事实，让其他单位在罗致人才时少打他们的主意。中央大学方面则新设了核物理课程，抓紧进行核物理人才的培养，并从国防部要到了一些经费，用以完善教学条件。两单位的合作计划在积极地进行中。

1947年春夏间，北京大学校长胡适曾致函国民政府国防部部长白崇禧和参谋总长陈诚，建议由北大招募全国人才，由国防科学研究经费项下拨50万元美元，在北京大学成立原子核物理研究中心。然而这种颇具眼光的考虑并未得到处于内战乱局中的国民政府军政要员首肯。于是，胡适利用他在中华教育文化基金董事会的影响，1948年6月由中基会为北大物理系借得10万美元（年息3.5厘，6年后分期还本），计划用于发展这项事业。然因政局变化太快，此项计划未及实施。

清华大学也有开展原子核物理研究的计划。1947年，清华大学校长梅贻琦先于北京大学校长胡适给在法国留学的钱三强发了聘书，并"准备起始用5万美元，以后逐渐增到15万以完成此项计划"。

在开拓核物理事业的努力中，国民政府一直以较低的姿态出现，并没有真正认真地推动这项事业的发展，甚至没有认真地参与这项事业的规划，这是时势使然。

胡升华通过以上的研究指出，1945—1948年中国的核物理热虽然是来去匆匆，而且只能算是民间行为，然而它却是中国物理学家从书斋走向国家大舞台的第一次自发的集体行动，对中国核物理事业的发展也带来了一定的影响：其一，对散处世界各地的核物理研究人才做了初步清点，并在国内开展了正规的核物理教学，为今后核物理研究队伍的建设打下了一定基础；其二，在设备上稍有准备：赵忠尧利用萨本栋筹来的5万美元在美国购买和加工制造了静电加速器零部件，1955年利用这些零部件装配成中国第一台质子静电加速器，奠定了中国试验核物理的第一块里程碑；其三，这次核物理热使中国学者对"大科学"研究有了一定的感性认识，在思想上和心理上也有了些许准备，这种潜在作用也是不应忽视的。

不过，这场核物理热尽管主要只是民间行为，国民党政府还是做出了反应。梁东元在《原子弹调查》中说，1945年秋天，刚到中美联合参谋本部就任中国战区参谋长的美国将军魏德迈，在一次与国民党政府兵工署长、军政部次长俞大维交谈时，曾透露出美国可以接受中国人学习制造原子弹的意思。俞大维是曾国藩的曾外孙，他立即将这一情况报告了蒋介石。这之前，因为中美是同盟国，美国曾将一册绝密的"士迈士（Smyth）报告"交给中国，该报告详细叙述了美国原子弹的发展经过。其间，中国科技教育界要求研制原子弹的呼声甚高，蒋介石自然为之心动，曾下令军政部长陈诚和俞大维一起负责，秘密筹划这一重大的国防科学技术计划。陈诚和俞大维约见了吴大猷、华罗庚、曾昭抢，商议拨一座大礼堂和 10 万法币制造一颗原子弹。

其后，吴大猷上书军政部，陈述其培植人才，选送优秀青年出国考察，有人才能有弹的思考。陈诚和俞大维认为吴大猷言之有理，同意拨款培训，并由吴大猷、华罗庚和曾昭抢分别在物理、数学、化学三门学科各选两名学生。这时，学业优秀的黄昆已考取中英庚子赔款留学，杨振宁也考取了清华留美，所以，商定由三位教授各带领两名助手前往美国考察。物理方面，吴大猷选了清华大二学生李政道和助教朱光亚；数学方面，华罗庚选了孙本旺和徐贤修；化学方面，曾昭抢选了唐敖庆等。他们于这一年秋赴美进行考察和学习。

朱光亚后来曾回忆说，在他们几个人赴美国的途中，他听到别人兴致勃勃地谈论受蒋介石接见时的情景，但他自己对蒋介石却毫无印象，很可能他没有经过南京，而是直接从云南的西南联大去了上海，与大家相会登上船的。而杨振宁也曾向别人提起过这件事，他可能是从李政道那里听来的，说蒋介石接见这几个人时，手里还摇着一把大蒲扇。

但是，从发现原子核裂变到真正制造出用于实战的原子弹，美国付出了巨大的代价。此前，虽然法国、德国、英国包括苏联都在这一领域做了不同程度的探索和研究，但美国毕竟是抢先了一步。原子弹在广岛和长崎的使用效果，更使美国认识到其在战后世界新格局中举足轻重的作用。为了垄断这一高新技术领域，美国连自己最亲密的盟友英国都给予技术封锁，更不会在这方面给中国什么实质性的帮助了。此外，由于国民党政府忙于打内战，腐败成风，政治局面和经济形势混乱不堪，许多重大的国事要务都无暇顾及，筹建国防科研机构的原定目标早已注定是镜花水月。

好在中美还算是同盟国，1946 年，美国计划在太平洋的比基尼岛上进行另一次原子弹试验，邀请各个同盟国的有关人士参观。

就在这样的风云际会下，经中央研究院总干事萨本栋的推荐，国民党政府派中央大学物理学教授赵忠尧以观察员的身份，会同驻美使馆武官乘坐美国"潘敏娜"号驱逐舰前往美国比基尼岛，和美国各个同盟国的有关人士一起参观这次原子弹试验。

十四　观摩美国"蘑菇云"的升起

1946 年 6 月 30 日，美国继在日本投下了两颗原子弹之后，又在太平洋的比基尼小岛上试爆了一颗原子弹。浩瀚的南太平洋中间，这个名叫比基尼的珊瑚岛上空，美国原子弹爆炸试验形成的巨大冲击波、强烈的光辐射席卷全岛，同时也席卷了全世界为之惊叹的目光。

同一时刻，距离比基尼岛大约 28 公里的海面上，游弋着一艘叫作"潘敏娜"的美军驱逐舰，在一大群美国、苏联、英国、法国的军事观察员当中，一个黑头发、黑眼睛的中国人显得格外引人注目。他是第一个看到"蘑菇云"的中国科学家。这一声惊天动地的爆炸，深深烧灼着他那颗滚烫的爱国之心。

时隔 18 年，中国西部大漠上空的一声巨响，宣布中国也拥有了自己的原子弹。而这个永载史册的日子来临，又和这个个子瘦小的中国人有着千丝万缕的联系。这个中国人就是赵忠尧。

为了显示自己的实力，美国政府邀请英、法、苏、中四个第二次世界大战胜利集团的盟友代表前往太平洋观"战"。中国的国民党政府被邀请派两个代表前去参观，其中一名是军人，

　　1946年，赵忠尧（前排左一）以观察员身份参观美国在太平洋比基尼岛上试爆一颗原子弹。这是登上美国"潘敏娜"号驱逐舰时的留影

就近找了驻美使馆的一名武官；赵忠尧受中央研究院的推荐，作为科学家代表前往。

原子弹爆炸实验一共进行了两次，相隔两个星期左右。间隙的时间，大家乘船游览了太平洋中的一些小岛。其中一个岛上，有美国从日军那里缴来的大堆步枪。不少参观者征得美方人员同意后各取一支留念，赵忠尧也拿了一支。到美国后，他把步枪送给朋友的孩子，枪上的刺刀自己留着。日后在"文化大革命"当中，赵忠尧还因为这把刺刀挨过批斗。

当核爆炸的蘑菇云腾起时，赵忠尧成为中国第一个亲眼看到原子弹爆炸的中国人。那时，和他在一起的英、法、苏等国家的代表都情不自禁地为核爆炸的威力惊呼，而他却只是沉默不语，但心中已是百感交集。

赵忠尧想得最多的是祖国。美国的"蘑菇云"不断升起，而自己的祖国却仍然处在战乱和灾难之中。他离开祖国还没几天，但这种对比的强烈反差，使他心中异常焦急。由此，他又想到国内研究环境的恶劣，甚至想到了这些年四处奔波，学业荒废了不少。于是，他决心为祖国的核事业贡献自己的力量。

赵忠尧很清楚，他十几年前在美国做的正电子湮灭实验中所观测到的正反物质的湮灭现象，为美国发展原子弹提供了坚实的科学基础。他默默注视着冉冉升起的蘑菇云，将目测出的大致数据牢记在自己的脑海之中，并在心中感叹："中国什么时候才能释放出这样巨大的能量？"这一天还太遥远，因为中国连一台加速器都没有。没有加速器就不可能揭开原子核的奥秘，不可能进行自己的核试验。

演习完毕，其他国家的观摩代表都回到美国本土游山玩水去了，而赵忠尧却不在队列之中，不知什么时候已经"失踪"了。赵忠尧上哪儿去了呢？

二战结束后，中国虽然也是战胜国，但是地位却很低微。赵忠尧认为，要在这个强权世界上生存和不挨打，中国就必须发展自己的核科学，这是一个爱国科学家责无旁贷的使命。赵忠尧此行并不只是为了观赏，而是肩负进一步了解核爆炸核心技术的使命。核爆炸的核心技术就是加速器，时任国民党中央研究院总干事的物理学家萨本栋在赵忠尧临行前，曾特意叮嘱他要"滞留"美国，尽可能多地了解美国在核物理方面的新进展，并设法购买核物理研究设备。萨本栋本人则留在国内筹款给他汇去。

因此，赵忠尧的"失踪"并不神秘，他是回到了自己的母校加州理工学院。他利用一切条件，对加速器的操作台和零部件进行了深入研究，迅速掌握了加速器的设计和制造细节。

这时，萨本栋通过驻美使馆秘密汇来了两笔款，一笔5万美元，委托赵忠尧替中央研究院购买实验设备，这件事他们在国内曾商谈过，赵忠尧已当面答应办理；另一笔7万美元，委托他代为保管，供购买其他科研器材用。

钱是汇来了，但是，赵忠尧却感觉有点犯难，这一点钱究竟能做多少事？当然，赵忠尧心中也很清楚，萨本栋教授能从一心打内战、腐败不堪的国民党政府那里挖出这点经费，已经很难为他了。因此，赵忠尧深知此款来之不易，决心好好利用这笔钱。

我们知道，进行核物理实验需要用能量很高的粒子轰击原子核，引起核的嬗变，然后用仪器探测这些变化，从而推断出核的结构和性质。这样的粒子源有两种：一种是从宇宙空间飞来的天然粒子，叫宇宙射线；另一种是人工将带电粒子加速，使它的能量提高到足以接近或击入原子核，这种装置就是加速器。

由于宇宙射线成分复杂（含有能量不同的各种粒子），粒子的数目又极少，要获得一个有意义的实验结果，常常要等待很长的时间。要进行大量的、有预期目标的实验研究，就必须使用粒子加速器。

所以，赵忠尧认为，要在国内开展核物理研究，开始起码应拥有一台加速器。当时，美国已着手兴建几十亿电子伏的高能加速器。对此，赵忠尧不敢想象，即使是订购一台完整的200万电子伏的静电加速器，也要40万美元，而他手上却只有区区5万美元。更何况，即便买到了，也拿不到出口许可证，无法运回中国，美国政府严禁此类尖端技术出口。但是，赵忠尧不甘心，他太想给贫弱、落后的中国装一台加速器了。反复斟酌后，赵忠尧决定采取唯一的办法，就是将技术参数默背下来，烂熟于心，然后回国自己制造，而一些国内一时无法制造的精密部件则在美国秘密定制，然后再想方设法托运回去。

于是，赵忠尧决心自己设计一台规模较小但结构比较先进的高气压型静电加速器。这样只需要在美国购置国内买不到的器材和加工国内无法加工的部件，然后运回国内配置总装。这样，5万美元或许够了。

后来，赵忠尧在回忆录中对此特别做了说明。

那时中央研究院的总干事萨本栋先生筹了5万美金，托我在参观完毕以后，买回一些研究核物理用的器材。因为钱数实在太少，完成这项任务是很难的事。不过，有总比没有好。而且，核物理在那时是一门新兴的基础学科，国家总是需要它的。所以我就答应在指定的财力范围以内，以最经济的办法，购买一些对于学习原子核物理最有用的器材。就当时情况，经济的限制是压倒一切的。全部的财力是准备用于购买核物理器材的5万美金和以后托管购买其他学科器材的经费7万美金。个人的生活费实报实销，谈不上薪给。由于经费紧张，我在吃住方面尽量节省，每年开支2000美金。这是很难与当时公派出国人员每年1万美金的生活水平相比的。此外，在个人控制下的还有回国的航空旅费和头三个月出差费的余数而已。开展核物理研究，至少需要一台加速器。而当时订购一台完整的200万电子伏的静电加速器要40万美金以上。很明显，在这样的条件下，不可能购买任何完整的设备。经与友人多次商讨，唯一可行的办法是，自行设计一台加速器，购买国内难于买到的部件和其他少量的核物理器材。当然，这是条极为费力费时的路。

这时有人劝赵忠尧，到美国来一趟不容易，还是趁这么好的机会多做一些研究工作为好，多出点成绩。加速器不是他的本行，何必把时间和精力消耗在这么一件出不了成果的事情上呢！赵忠尧心里非常清楚，朋友们的忠告是有道理的，然而，他却不能接受。一个人在国外做出成绩，只能给自己带来荣誉，对于提高中华民族的科学文化水平，对于国家的富强，作用并不大。他希望在国内建立起核科学的实验基础，能在国内开展研究工作，培养人才。为此，个人做出一点牺牲也是值得的。这样，赵忠尧先到加州大学访问了回旋加速器的发明者劳伦斯（E. O. Lawrence），劳伦斯答应安排赵忠尧在自己的辐射实验室工作。事情定下来以后，赵忠尧又到加州理工学院拜访了昔日的师友。他的老师、诺贝尔物理学奖得主密立根教授显然知道赵忠尧的目的何在，他十分赞赏赵忠尧的才智，也敬佩赵忠尧的爱国心。更何况，美国的核事业是在赵忠尧的研究成果的基础上发展起来的。为了便于赵忠尧熟悉情况，使他能在实验室多工作一段时间，密立根聘他为自己的工作助手，特意安排他多接触实验设备和相关核心图纸。这段时间，赵忠尧成了实验室里最勤奋的人，在完成科研项目的同时，他拼命掌握有关加速器制造的技术资料和零件参数。每天，他的工作时间都在16小时以上。

但是，赵忠尧还是一心想着要到劳伦斯教授的辐射实验室去，于是，他辞去了导师那里的工作。不料，才过了两个多星期，当他再回到劳伦斯那里时，事情变卦了。劳伦斯告诉他一个不好的消息，美国原子能委员会正在清除它所管辖下的核物理实验室的外籍科学家，因此，赵忠尧不能在这个实验室工作。

赵忠尧没有了落脚的地方，但是，搞加速器的心没变，他开始寻找新的研究机构。就这样，赵忠尧开始了人生又一个重要的历程，就是在美国科研机构"打工"的历程：一方面开展科学研究，设计和搜集加速器所需的部件和器材；另一方面还要解决自己开展研究的经费以及补贴生活费用。为了梦中的加速器，他东奔西跑，辗转于美国各大科研机构，常常是累得筋疲力尽。那时，他节衣缩食，一边打工，一边搞科研，历尽艰辛。

十五 辗转美国各大科研机构

　　离开了加州，赵忠尧来到了麻省理工学院的所在地坎布里奇。当时，赵忠尧了解到麻省理工学院的物理系正在装置一台高气压型的质子静电加速器，而加速器实验室的领导人范德格拉夫（Van De Graaff）就是静电加速器的发明人，而且与赵忠尧相识。赵忠尧异常兴奋，立即提出要到该系实习，以便自主设计主要部件。但是，不巧的是，当时范德格拉夫教授正卧病在床，无法接待赵忠尧，而代理的一位教授又不愿意赵忠尧去学习加速器技术，但表示欢迎他去做科研工作。赵忠尧只好另想办法。

　　离开麻省理工学院物理系，赵忠尧一心想着设计加速器，于是，又去联系该校的电机系的静电加速器实验室。没想到，该实验室主任屈润普（Trump）热心又和气，十分支持赵忠尧的工作，并为他想了好多办法。就这样，赵忠尧开始在麻省理工学院电机系静电加速器实验室学习静电加速器发电部分和加速管的制造，并在那里参考该实验室的资料设计一台能量为200万伏的高气压型质子静电加速器。

赵忠尧在这个实验室里和同事们的关系很融洽，他在那里学到了封接加速管等技术。他还帮助那里的同事们做过一些减少加速管击穿的实验，很受大家欢迎。

　　屈润普教授让赵忠尧利用他们的资料，还介绍给他另一位专家，该专家帮助赵忠尧做过一些具体的设计。当时，实验室里有一台旧的大气型静电加速器要拆掉，屈润普教授对赵忠尧说，你们刚刚开始造加速器，也许可以利用它做初步的试验，于是就将这台加速器作为废料转给了赵忠尧做试验用。赵忠尧对此非常感激，后来还建立了良好关系。1986年，我国原子能研究院从美国购买的串列式静电加速器就是屈润普教授他们的公司供应的。

　　麻省理工学院和哈佛大学相隔不远，当时已有很多中国学者在这两所著名的大学工作，如钱学森教授、林家翘教授，微波专家朱兰成、任之恭教授和语言学老前辈赵元任教授等。这些学者常常在一起海阔天空地欢聚畅谈，朱兰成教授和赵元任教授家"座上客常满"，是中国学者聚会的中心。

　　学者们在一起议论科学，但更多的是谈论时政，都想着如何报效祖国，为祖国的强盛服务。赵忠尧在聚会中也是常发议论，特别希望大家早些回国，趁抗战胜利之机使国家步入正轨。然而，他们不过是一群爱国学者，他们对政治既不了解又没有影响力，眼看着国民党又发动了全面内战，尽快回国之事也就只好作罢。

　　赵忠尧在麻省理工学院电机系的静电加速器实验室待了半

年。由于那里当时不做离子源的工作，也没有核物理研究工作，为了进一步学习离子源的技术，1947年春，赵忠尧转去华盛顿卡内基地磁研究所访问半年。那里有两台质子静电加速器和一台回旋加速器在运行，学习的环境也很好。研究所的所长图夫（Tuve）对待外籍科学家十分友好，他对赵忠尧说，你们不要太客气，可以多在加速器上爬爬，弄弄设备。

在卡内基地磁研究所，赵忠尧遇到即将回国的毕德显先生。赵忠尧挽留他多待半年，一起继续静电加速器的设计，并采购电子学及其他零星器材。毕德显先生为人极为忠厚，工作踏实，他也曾在加州理工学院学习过，后来在一家无线电公司实验室做研究工作，有丰富的电子技术方面的实践经验，对加速器的设计工作发挥了很大作用，尤其是在电子线路方面弥补了赵忠尧的不足。

此时，由于研究开展得比较顺利，一些费用也逐步增加。赵忠尧请示了萨本栋教授，从代管的7万美元中提出了2万美元，用来购买了一批电子器材和其他核物理实验用的相关器材。

半年以后，质子静电加速器的机械设计已经完成，要找工厂加工，而华盛顿地区这类工厂很少。为了寻找厂家定制加速器部件，1947年冬天，赵忠尧又重返麻省理工学院，一方面在物理系的宇宙射线研究室工作，开展混合宇宙射线簇射的研究，另一方面就是为自己那台加速器的加工事宜奔忙。

赵忠尧对宇宙射线研究一直很有兴趣，麻省理工学院物理系的宇宙射线研究室主任罗西（B.Rossi）人又很和气，为人热心，非常欢迎赵忠尧在他那里工作。罗西教授是意大利人，他很了解赵忠尧的工作。1952年他的第一本专著《高能粒子》中就引用了不少赵忠尧拍的云雾室照片。罗西教授专门拨派了一个技师为赵忠尧焊接了八套供核物理实验用的电子线路。当时，在中国的物理工作者中间，懂得无线电技术的人还很少，为了用最新技术武装中国的实验室，赵忠尧还开始在这里学习无线电方面的知识。

麻省理工学院离波士顿很近，那座古老的城市附近有一些小的加工厂，但要找到真正合适的工厂来制造赵忠尧设计的那台加速器的机械部分却并不容易。好在当时他在联系定做加速器的各种部件，需要打听情况时，麻省理工学院附近有好多朋友可以帮忙。身处国外，由于有朋友帮忙，加上一些难得的有利因素，赵忠尧决定暂时留在麻省理工学院，直到完成采购器材的任务。

加速器上的机械设备都是特种型号，每种用量不大，加工精度要求又高，好的工厂很忙，不愿接受这种吃力不讨好的小加工。赵忠尧为此奔走多日，有时一天要跑十几处地方，最后联系到一个开价较为合理的制造飞机零件的加工厂。这样，加速器运转部分、绝缘柱及电极的制造总算有了着落。

与此同时，赵忠尧受中央大学的委托，定制了一个多板云雾室，用来开展宇宙射线研究，并且买好了与此配套的照相设备。加上核物理实验及电子学器材，都是从为中央研究院代管的7万美元中支出的。

这段时间，赵忠尧曾在几个加速器、宇宙射线实验室义务工作，以换取学习与咨询的方便。他的义务劳动也换得了一批代制的电子学仪器和其他零星器材，节约了购置设备的开支。制造和购买器材的工作前后花了整整两年时间。同时，在加工加速器等部件的过程中，赵忠尧还取得许多重要的研究成果。他将宇宙射线研究的成果写成论文，名为《混合宇宙射线簇射》，发表在美国《物理评论》杂志上。

实验室主任罗西教授对赵忠尧的实验结果很满意，便建议他去看看他们的卡罗拉陀高山宇宙射线实验室，由学校支付车旅费，作为酬劳。1948年冬，赵忠尧离开了坎布里奇，参观了几个核物理实验室和宇宙射线实验室。

1948年冬季，赵忠尧结束了中央研究院委托的购买简单的核物理实验设备的任务，也结束了静电加速器的准备工作，原来预计即刻回国。但那时国内战局急剧变化，中国人民解放军节节胜利，蒋介石军队溃败以及南京国民党政府土崩瓦解的消息不断传到国外。了解这些消息后，赵忠尧非常兴奋，因为长期以来他目睹了国民党政府贪污腐败、祸国殃民的情况，对国民党的统治早就不抱希望；而共产党一心为国家和民族奋斗，为人民着想，深得民心，他也早有所闻。现在，一个新中国就要诞生了！赵忠尧感到兴奋，同时又在寻思：现在战局的变化很大，不如待局势稳定之后，回国参加和平建设。因此，他决定暂不回国，等到新中国建立以后，再回国去，为新中国建设服务。

与此同时，赵忠尧还想到，那时核物理是在战争中崛起的学科，个人对于加速器上的实验亦没有经验，因此决定在美国再留些时间，多学些必要的实验技术，以备随时回国。

赵忠尧十余年前曾在加州理工学院读博士学位，有不少师友，因此与他们相商，在加州理工学院短期从事研究工作。这时，加州理工学院有两台中等大小的静电加速器，具备研究核反应所需要的重粒子和 β 谱仪。于是，赵忠尧又在加州理工学院的开洛辐射实验室工作了一年多。

1949 年春天，赵忠尧来到当初求学过的加州理工学院，在核反应实验室进行短期的核物理研究工作。他参加的研究计划，是美国原子能委员会和海军部联合支持的核物理科学研究，虽然如此，但具体课题是纯科学的。当时的实验室主任劳瑞岑（Louriesen）原籍丹麦，是一个相当诚恳的人，也很热心帮助赵忠尧的研究工作。赵忠尧在该实验室和其他科学家一起合作做了两个课题的研究，另外还单独做了一项研究工作。这些研究的结果都在赵忠尧离开美国之前发表在《物理评论》杂志上，其中一篇合作的论文是《质子轰击氟所产生的低能 α 粒子》。这类问题正处于当时核反应研究的前沿。

这次在美国的四年多的时间里，赵忠尧通过自己的努力，不仅再一次进入物理学研究的前沿，而且在静电加速器的设计和研究工作上取得许多重要成果，为以后中国核物理的发展奠定了基础。后来，赵忠尧回忆起这段历程，也是比较满意，而且深有感触：

我第二次去美国期间，为了联系定制器材，曾先后访问了几个科学实验室，在那里短期做静电加速器实验，利用云雾室做了宇宙射线实验。在这个过程中，与国外同行建立了学术上的友谊。可惜以后由于中美长期断交，一直不能得到进一步的发展。

　　在将主要精力用于定制设备的同时，我也抓紧时间在宇宙射线及质子、α核反应等方面开展了一些科研工作，终因精力有限，收效不大。有些人笑我是"傻瓜"，放着出国后搞研究的大好机会不用，却把时间用在不出成果的事上。好心的人也劝我："加速器不是你的本行，干什么白白地耗费自己的时间精力呢？"如今我回首往事，固然仍为那几年失去了搞科研的宝贵机会而惋惜，但更为自己的确把精力用在了对祖国科学发展有益的事情上而自慰！

　　赵忠尧在美国期间，从来不考虑个人的得失，为了祖国的科研事业，兢兢业业，奉献自己的一切。经费不足，赵忠尧就下决心自己设计研制加速器，设计完成后又自己联系部件加工，以及采购一些必要的关键部件，以便化整为零，分箱装运，回国再重装，这样既可大大节省开支，还可以避免美国海关对整机出口的刁难与阻挠。为了购买和搜集有关书刊资料，身上的钱花光了，他只好以"换工"的方式帮助别人进行研究工作，以维持个人的生活。

　　赵忠尧的身体一直很瘦弱，一人在外要办那么多的事情，要不断外出选购材料，跑加工跑订货，还要包装入箱，分批托运，其工作量和劳动强度都很大，生活的紧张和劳累更是可想而知。但是，为了祖国的科研事业，他从来都没有犹豫过，更无怨言。

　　赵忠尧在美国四年多的时间里，妻子郑毓英一个人带着三个小孩，住在南京中央大学宿舍，靠中央大学发给赵忠尧的百分之七十工资维持生活。即便如此，由于家庭开支大，勤劳节俭的妻子不得不接一些绣花活计，以补贴家用。

十六　新中国科学重建的呼唤

　　1949 年 10 月 1 日，新中国诞生了！这是中国近代以来的一次历史性巨变，这一巨变为中国科学新的发展提供了前所未有的社会历史基础和条件。虽然刚刚诞生的新中国百废待兴、困难重重，但是，对于中国科学发展而言，这无疑是一个全新的时代。中国科学正是在一种新的历史环境中开始了它新的发展历程。

　　1949 年 9 月 21 日，中国人民政治协商会议第一届全体会议在北平召开，会议通过了《中国人民政治协商会议共同纲领》，其中第四十三条规定：努力发展自然科学，以服务于工业、农业和国防的建设。奖励科学的发现与发明，普及科学知识。同时通过了建立中国科学院的提案。此次会议公布的《中华人民共和国中央人民政府组织法》第十八条规定：成立科学院，由政务院文化教育委员会直接领导。10 月 19 日，中央人民政府委员会第三次会议通过任命史学家、考古学家、文学家郭沫若为中国科学院院长。10 月 31 日，中央人民政府主席毛泽东向刚刚任命的中国科学院院长郭沫若颁发中国科学院印。1949 年 11 月

1 日，中国科学院正式成立，并通过改组、调整组建了科研机构，这不仅历史性地奠定了中国国家科学研究体制的基础，而且成为中国科学复兴的重要动力之一。

1949 年 4 月 23 日，中国人民解放军解放南京，宣告国民党统治的覆灭。这一胜利使全国人民解放在望，也使科学技术工作者倍感喜悦和兴奋，并促使他们认识到进一步团结和组织起来的必要。

中国科学工作者协会香港分会首先提出举行全国性科学会议，并在会议上建立全国科学工作者的组织，这一建议不仅得到广大科学工作者的赞同和响应，而且得到了党中央的支持。当时，虽然各地战火未熄，革命事业万端待举，但是党中央为了建立新中国的千秋大业，为了选举科学界参加中国人民政治协商会议的代表，同时有组织有领导地发展科学事业，团结教育科学工作者，为新中国的建设事业做贡献，同意着手筹备召开全国自然科学工作者代表会议。1949 年 5 月 14 日，科代会第一次筹备会在北平召开，并成立了筹备委员会的促进会。在促进会的积极筹备下，中华全国第一次科学工作者代表会议筹备委员会于 1949 年 6 月 19 日在北平灯市口中国工程师学会会所召开，中国人民解放军总司令朱德、中华全国总工会主席陈云在大会上讲话。

1949 年 7 月 13 日，中华全国科学工作者代表会议筹备会的正式会议在原中法大学礼堂举行，会议由吴玉章致开幕辞，接着徐特立、叶剑英、李济深、郭沫若等相继致辞，中国人民革命军事委员会副主席周恩来还专程到会并做了讲演。会议选出了代表筹委会参加新政治协商会议的代表15人，候补代表2人。他们作为科技界的代表，参与了筹划和建立中华人民共和国的大业。在中国人民政治协商会议第一届全体会议六个分组委员会中，曾昭抡参加了政协组织法草案整理委员会，侯德榜参加了共同纲领草案整理委员会，贺诚参加了政府组织法草案委员会，严济慈参加了宣言起草委员会。梁希、李四光、侯德榜三人还当选为中国人民政治协商会议第一届全国委员会委员，梁希进入这次会议的主席团并被选为常委。这一切不仅表明党对科学技术事业的重视，表明科学技术工作者地位的提高，而且推进科学技术在中国的土地上生根、开花、结果，使科学二作者在科学事业为国家经济建设服务的共同任务中联合了起来。

1950年8月18日，中华全国自然科学工作者代表会议在北京清华大学礼堂正式开幕。中央人民政府副主席朱德、李济深，政务院总理周恩来、副总理黄炎培，政务院文化教育委员会副主任马叙伦、交通部部长章伯钧、水利部部长傅作义、农业部部长李书诚、卫生部副部长贺诚、重工业部副部长刘鼎、北京市副市长吴晗以及中国科学院副院长李四光等应邀向大会作了报告。与会代表听了这些报告和发言后欢欣鼓舞，认识到努力从事经济建设促进新中国发展是条康庄大道，摆在自己面前的是光荣地为人民服务的机会。

总之，当时中国的科学发展不仅已经在政治上获得了新的动力，而且这种动力已为当时各界所认识，这无疑是中国科学重建的重要条件。毛泽东曾说过："一个不是贫弱的而是富强的中国，是和一个不是殖民地半殖民地的而是独立的，不是半封建的而是自由的、民主的，不是分裂的而是统一的中国，相联结的。"现在这样一个独立的、自由的、民主的和统一的中国已经建立，这为富强和科学昌明的中国创设了极其重要的政治前提。也正因此，竺可桢说："科学在中国好像一株被移植的果树，过去因没有适当的环境，所以滋生得不十分茂盛；现在已有了良好的气候，肥沃的土壤，在不久的将来，它必会树立起坚固的根，开灿烂的花，而结肥美的果实。"

科学已经属于人民。

1950年8月召开的中华全国自然科学工作者代表会议期间，科学家们踊跃发言，热烈地讨论。他们认识到，旧中国的科学事业只是一部分科学家凭着个人兴趣在小圈子里研究的，有着脱离现实、孤芳自赏的特点，即使是应用性研究，也不是为人民服务的。而今天，科学家们团结了起来，在新中国政权的领导下，开始了科学工作的计划性，并且开始真正服务于人民，服务于国家工农业和国防建设。吴玉章在开幕词中指出："今天中国人民是迫切需要科学家替他们解决问题，科学家也有义务替他们解决问题，也只有这样今天科学家才能得到人民的爱戴和荣誉。中国科学研究一旦和中国人民实际需要结合起来，中国科学的繁荣是指日可待的。"竺可桢说："科学研究的经费来源，是取自农工阶级劳力所获得的生产，本诸取之于人民用之于人民的原则，科学研究自不能不与农业、工业与保健发生联系。过去科学工作人员各自为政、闭门造车的习惯，自有革除的必要。"中国科学工作者都深深体会到，在新中国成立"不到一年的时间里，中国科学界有两点最显著的进步：第一是 1949 年 7 月在北京召开全国科代会筹委会议，推动了全国科学界的大团结；第二是科学工作者普遍认识'科学应该为人民服务'，各方面都喊出了这个口号"。

集聚科学技术人才，是新中国成立之初进行科学重建，推动科学发展的关键性任务。这不仅是科学界人士的共同认识，而且是新中国领袖们极其关注的话题。

1949 年 6 月 19 日，朱德在中华全国第一次科学工作者代表会议筹委会成立会上作了重要讲话，他提出的第一个问题就是"科学家的团结"。他说："中国现有的科学家，虽然人数不多，但是从各国回来的都有，包罗各方面的人才，我们希望今后不论是哪一方面的人才或从哪国回来的，都要团结一起，互相学习，为新中国的建设而努力。"叶剑英在全国科代筹备会全体会议上也作了《世界上没有孤立的科学》的讲话，他指出："精诚团结，对于我们今天是极端重要的。我们常说：团结战胜一切。人们也唱：团结就是力量。如果科学家们，要战胜科学上一切的困难，只有团结；要发挥科学上的力量，也只有团结。团结就是坚持真理，修正错误。团结就要通力合作。每一个科学家，都是继承前代科学家的遗产。每一种科学成果，绝不是某一个科学家单独创造的。"他还具体地指出："老年科学家与青年科学家，这一门科学家与那一门科学家，乃至本国科家与世界科学家，都在实际工作中，互相联系着，互相作用着的。世界上没有孤立的科学，也没有孤立的科学家。"1950年8月24日，周恩来在中华全国自然科学工作者代表会议上，更是作了《建设与团结》的重要讲话，指出："为了有效地工作，科学家必须团结。"而且清楚地指出："只要是为人民服务的科学家、知识分子，不管是工农出身、小资产阶级或剥削阶级出身，我们都应该团结，对他们尊重，目的是要打倒共同的敌人。""凡是为新中国努力服务的科学家都是朋友，都应该团结。"

团结合作，更是科学界的核心主题和共同呼唤，并且在党中央的领导下付诸实践。

1950年8月18日，中华全国自然科学工作者代表会议决定成立中华全国自然科学专门学会联合会（简称"全国科联"或"科联"）和中华全国科学技术普及协会（简称"全国科普"或"科普"）等。"科联"和"科普"两个全国性组织成立后，原有的综合性的但是分散的全国组织接连自动解散，这标志着科学团体的大联合，也标志着科学界的大团结。中国科学发展从此开辟了一个新局面。

为了更好地实现自然科学界的大团结、大联合，党中央号召海外的中国学者回国，为建设新中国服务。早在1950年1月27日，中国科学工作者协会就向海外各科协分会发出号召："新中国诞生后各种建设已逐步展开，每方面都迫切地需要人才，诸学友有专长，思想进步，政府方面亟盼能火速回国，参加工作。"

新中国成立的隆隆礼炮声响，不仅震惊了全世界，更深深震撼了异域求学的海外学子。新中国焕发出来的勃勃生机，新政权的清正廉洁，新中国建设所取得的迅速进步吸引着海外学子的归航。他们满载希望，怀抱建设祖国的理想，纷纷踏上了回国的旅程。回国，对多数留美学人而言，不仅意味着放弃优越的物质条件，更预示着归途的艰辛和坎坷。美国政府为了对新中国进行全面封锁，采取种种措施，阻挠留美学人归国。1950年10月，美国司法部移民局公布了"禁止中国学生出境之命令"，不准学理、工、农、医的留学生回国"资敌"。在这种情况下，滞留美国者日多，回国也日益艰难。

但是，为新中国成立所鼓舞，为新中国成立初科学发展的大好形势以及党中央正确政策所吸引，大批海外科学家和留学生仍纷纷归国。许多海外学子纷纷从美洲、从欧洲，从四面八方向自己的家园汇聚。钱三强回来了，彭桓武回来了，李四光回来了，还有数不清的科学家整装待发。

1950年2月，著名数学家华罗庚在归国途中，发出了《致中国全体留美生的公开信》。信中说："为了抉择真理，我们应当回去；为了国家民族，我们应该回去。"

3月11日，新华社播发了这封公开信，全世界听到了中国科学家的心声。

在这次归国潮中，从事不同专业研究的学子都曾经历过类似的曲折。每一个留美学人几乎都受到过移民局的威胁："也许你有一千条路能逃离美国，我劝你一条也别试。假若你企图离开，你将受到处以5000美元以下的罚金或5年以下的徒刑，或同时予以两种处分。"尽管如此，留美学人依然千方百计地回国，直接回家的路被堵死了，他们就迂回辗转而行。化学家黄鸣龙请求德国友人函请他赴德工作，再转而回国；化学家唐有祺绕道瑞典，曲折回国；力学家吴仲华、李敏华夫妇利用申请旅游的机会，从瑞士、奥地利假道回国。与此同时，另一些留美学人仍然在顽强地进行着不屈不挠的抗争。为了回到母亲的怀抱，他们给周总理写信，请求政府的帮助；他们向美国总统致函，控诉不公平的遭遇；他们借媒体之力，争取美国公众的同情。经过几年艰苦曲折的斗争，1955年中美两国大使级会谈后，美国终于允许留美学人自由回国。但是，美国联邦调查局仍然不放弃最后的挣扎，在移民局、在寓所、在船上，仍然向每一位留美学人进行劝诱："如果改变你的打算，不回中国的话，我们会把你的工作、处境给予改善，待遇、生活……就像×××那样，也许会比他安排得还好。"

据统计，截至1950年8月30日，中国在国外留学生有5541人，其中留学美国的3500人，在日本的有1200人，在英国的有443人。他们大部分是1946—1948年间出国的，其中大部分人在各学科领域学有所成，成为有关学科的专家。新中国对这些海外科学家和留学人员非常重视。1949年12月13日，政务院文化教育委员会专门成立了办理留学生回国事务委员会。该委员会由政务院人事局、文化教育委员会、全国学联等17个单位组成，统一领导留学生回国事宜，由文化教育委员会主任、教育部部长马叙伦任委员会主任。

新中国成立不久，赵忠尧的大女儿赵维志已进入原为中央大学的南京大学就读，并且已经加入了新民主主义青年团。当时组织上对赵维志说："你父亲赵忠尧先生是新中国建设的有用人才，我们希望他早日回来参加祖国的建设事业。"赵维志当即就给父亲写信，在信中说："妈妈和我们殷切地等待着您的归来，祖国和人民需要您，共产党和人民政府将热切地欢迎您。"

实际上，已经了解国内情况的赵忠尧早就做好了回国的准备。

遥远的大洋彼岸，赵忠尧的目光穿越重洋，兴奋得彻夜难眠。他感到民族的希望、国家的兴旺匹夫有责，他急切地盼望早日回国，建立起属于中国自己的核科学研究体系。

他抓紧完成了在美国的工作，在1950年3月就正式办理好了回国的手续。只是因为美国移民局不断进行阻挠和刁难，直到五个月后的8月份，赵忠尧才拿到经过香港回国的"过境许可证"。

与此同时，赵忠尧把几年来陆续购买到的各种器材设备一一打包装箱，准备分批向国内托运。但是，在托运中受到美国检察机关的连续盘查刁难。赵忠尧四处奔走，设法转移到别的国际运输公司另行托运。赵忠尧通过种种努力，终于使问题逐一解决，各种器材设备陆续办好手续，分别托运。这才使赵忠尧开始感到轻松。

然而，难以预料的是，更大的问题还在后面。

十七　回国之路历尽波折

赵忠尧是在 1949 年底开始做回国的准备工作的。

回国的工作准备中，第一件最重要的事情，就是要把多年来已经加工好的静电加速器部件以及费尽心思采购来的核物理实验器材运回国内。还算幸运，在 1949 年底到 1950 年初的短暂的时间里，中美之间还是通航的。赵忠尧找到了一家由国民党官僚资本经营的运输公司负责此事，科研器材的搬运由他们负责，存放器材的仓库也由他们负责介绍。

经过好一番周折，赵忠尧设法从这个仓库中将货物提出，又交给另一家新接洽的运输公司办理寄运回国的手续。当时，美国联邦调查局已经注意到这批器材，他们怀疑其中夹带有秘密资料，于是，背着赵忠尧擅自到运输公司的仓库中开箱检查，甚至还派人到加州理工学院去调查这批器材的来历和用途。幸好当时被询问的一位科学家杜蒙德（Dumond）很友善，他向调查者说明这些器材与原子武器毫无关系。美国联邦调查局只好作罢。但是，他们仍然将信将疑，最后虽然没有把全部东西拿走，但还是胡乱地扣留了一些器材，其中包括麻省理工学院宇宙射线实验室的人替他焊接的 8 套电子线路中的 4 套。这让赵忠尧感到特别惋惜，不仅因为这些线路正是当时所急需的，更重要的是因为这些线路是麻省理工学院宇宙射线实验室罗西主任专门派人为赵忠尧焊接制造的。

　　特务们走后，运输公司还去向赵忠尧收取重新装箱的手续费，赵忠尧生气地说："谁叫你们打开的你们向谁收！我的东西你们随便给人看就不对！"运输公司的老板不无惊慌地说："那是什么机关，能不让他们看吗？你不付我们向谁去要？"其实，付一点费用是小事，绝大部分器材（包括大小 30 余箱）得以安全运回祖国，这是赵忠尧足以自慰的。

　　联邦调查局后来在扣留的这些器材中没有找出什么问题，就将这些器材发还给了加州理工学院。加州理工学院核反应实验室的科学家在赵忠尧回国后，曾经给赵忠尧写信说，他们会代为保管这些器材，待中美恢复邦交时寄还，以示同行之间的友好。

　　1950 年 3、4 月间，赵忠尧开始订购回国的船票。

　　这时，中美之间的直接通航已经中止，旅客要经过香港转道广州才能回国，这样就需要取得英国驻香港总领事馆的签证。美国当局由于采取敌视中国的态度，极力阻挠中国学者归国。而慑于美国政府的压力，英国驻香港总领事馆借口香港人口过剩，不肯签证。

　　在各种错综复杂的因素下，有些专家学者归国心切，想出

1950 年 6 月 15 日归国前夕，赵忠尧（左一）在美国洛杉矶与友人合影

了"曲线回国"的办法，就是采取"平时不声张，突然到欧洲旅行，再绕道回国"的办法。赵忠尧也在想着走这条路，他想乘波兰或瑞典的轮船经欧洲回国。于是，赵忠尧便写信给波兰和瑞典的领事，要求过境。当时，波兰领事因为他没有新中国的护照，复信拒绝。但瑞典方面接到他要求参观瑞典科学家齐格邦（Siegbahn）的实验室的函件，允许他签证。

但是，家里忽然打来电报，说妻子病重。归心似箭的赵忠尧觉得绕道欧洲颇费时日，他必须想办法尽快回国。此时，恰好有一个轮船公司为了做生意，愿意出面向英国驻香港总领事馆担保他们不在香港停留，组织一批中国旅美学人集体过境。就这样，经过前面长达五个月的留难，赵忠尧终于得到了香港的过境许可证。

1950 年 8 月底，赵忠尧怀着一颗报效祖国的赤子之心，带着一份献给新中国的厚礼，即将万里奔波，回到祖国的怀抱。他心情荡漾，激动无比。然而，赵忠尧没有想到，美国和台湾当局已经把他作为争夺目标，千方百计地阻止他回到祖国大陆去。就在他出发之前，和他在同一个实验室工作的一位美国朋友大概已经听到了什么风声，好意地对赵忠尧说："啊呀，你现在回去，太迟了。你是不是一定要回去呢？路上恐怕会有问题。"究竟会有什么问题，朋友不便说，他也没有在意。

1950 年 8 月 29 日，赵忠尧、钱学森、邓稼先、涂光炽、罗旺钧、沈善炯、鲍立奎等一百多位中国留美学者一起登上了美国"威尔逊总统号"轮船。谁知刚上船，美国联邦调查局特工就来搜查。

钱学森 800 多公斤的书籍和笔记本被扣，他本人也被指控为共产党的间谍而被押送到特米那岛上关了起来。美国特工对赵忠尧再三盘问，并对他的几十箱东西进行野蛮翻查。幸好一个月之前，赵忠尧已经将重要资料和器材托人带回中国，而把一些不重要的零部件拆散了任意摆放，这样就成功地迷惑了美国特工。但他的一些物理书籍和科学杂志被美国特工以违反美国的《出口管制法》为由没收，赵忠尧据理力争，说这些都是公开出版的书刊，并无任何机密。但美国特工就是咬定其中会有机密，并说如需要这些书刊，可以在美国看，或者以后回来再看，就是不能带走。

然而，归途的磨难还远没有结束。9 月 12 日，轮船经过横滨时，原定在横滨港要停泊几个小时，旅客们都准备在船靠岸后上岸观光休息一下。没想到，正当海轮驶近港口时，船上却宣布：奉有关方面的紧急通知，这船不得在日本停靠。大家感到十分扫兴。就在这时，一条快艇从岸边飞速驶来。赵忠尧预感到会有什么意外的事发生，并且很有可能是冲着自己来的。他连忙暗自将带在身边的一包科研记录本交给了同行的可靠同胞收藏好。资料刚脱手，从快艇上就跳下几个带有"MP"标志的美国宪兵，说奉美军总司令部命令，要赵忠尧和另外三个从加州理工学院归国的青年学者罗时钧、沈善炯、鲍立奎到船长室谈话。其中一位青年鲍立奎当时恰巧在洗脸间，听到麦克风里叫他的名字，他故意不出来，总算躲了过去。赵忠尧和另外两人到了船长室，美国情报部门人员硬说他们可能带有秘密资料，需要检查。

美国宪兵先检查了赵忠尧的随身行李，未来得及转移的笔记本全被抄去，连一块普通的肥皂也要拿去检查，登记清单上写着"看起来像肥皂的东西一块"。大件的行李因为放在舱底，难以取出，美国驻军总部便决定予以扣留，待轮船从香港返回横滨时，再提取出来检查。

梁东元在《原子弹调查》中有一段记述说：

在大海上航行了多天，"威尔逊总统号"到了日本。9月12日清早，船上的警报突然响了，通知叫三等舱的旅客换房间。其实是耍了个花招，船上让赵忠尧、罗时钧和沈善炯换到头等舱去。他们正拿着箱子准备走，两个美军士兵说东京有朋友看你们。沈善炯说，他那么一讲，我想东京有什么人可以看我们？我就拿着箱子走，刚走了两步，不对了，他说了句英文，这句英文是不好听的：Don't be a smart ass. 意思就是识相一点。我就觉得不对劲了。

我们到了那边，他们首先把我们身上搜了一遍，一个个问。他先给我们看一张名单，他说，你看，你们这个船上有哈佛大学的，有麻省理工的，怎么就只问你们加州理工的？你们自己应该清楚了。这是第一个问题。第二个问题，钱学森你们知道吧，现在怎么样你们知道不？就问这类问题，那么我们一概说都不

赵忠尧和夫人及子女们的合影

知道。这样一来他们就不让我们回去了。船到了横滨它本来是不靠岸的，结果下午把我们三个人用小船带到横滨去了。

赵忠尧等三人被带到岸上无理扣押起来。

两个星期后，威尔逊号轮船返经横滨，三人的大件行李已从舱底取出，美国驻军扣下这些行李，说要送回美国检查。

一直急切地盼望赵忠尧回国团聚的家人，没有等到亲人，却等来一张赵忠尧用铅笔写的便条，这显然是在紧急情况下仓促写成的，上面只有几个字："在日本有事，暂不能回国。"女儿赵维志当时刚刚高中毕业，几乎就在赵忠尧被关的同时考取了南京大学，在俄语系学习。赵维志回忆说："1950年年初的时候，我父亲就说要回来了，老是写信给我妈，说移民局刁难他，这不行那不行，反正总是阻拦他。8月份拍了个电报，说上了威尔逊号轮船回来，8月底可以到上海。我们挺高兴的，知道爸爸要回来，我们就等着他。那时候我们已经不在重庆了，因为中央大学已经迁回来了，迁到南京了，我们都回南京住了。可过些日子船到上海，回来一百多个留学生，当时只知道少了三个人，别的情况不知道。过两天就来了这么个条子，上面没有抬头没有签字，什么都没有，可是那个字我认得，是我爸爸的字。"

获知这一意外消息后，妻子郑毓英急得直哭，三个子女也跟着哭成一团。大家也不知道到底发生了什么事。这时过来安慰他们一家的邻居，看了赵忠尧的字条，把大女儿赵维志拉到一边，悄悄地说："这张字条没头没尾的，也没有查询和联系地址，而且是用铅笔写的，你爸怕是出了大事了，你千万别对你妈说，不然她会更加着急的。"女儿听了之后更加紧张。铅笔写的，又无发信地址，是从哪里来的字条呢？父亲可能被扣留在日本，可能被关进监狱了。她越想越担心，却又不能说出来。

当时复杂的国际形势以及中美两国的紧张关系，更加重了人们的忧虑。赵忠尧离开美国的时候，朝鲜战争已经进行了几个月，中美两国关系正处于极其紧张的敌对阶段。对于赵忠尧这样的一位核物理专家，美国政府当然不愿意将他放回中国，一直企图留难可又无计可施，只好在他回国途中有意挑起事端。当时在美国的中国科学家钱学森教授也是因为同样的原因，被美国无理扣留。

9月12日，被驻日美军扣留的当天，赵忠尧就被送到东京的中野美军监狱，罪名就是所谓与核机密有关的"间谍嫌疑"。不久，又被转往主要关押日本战犯的巢鸭监狱。赵忠尧等三人随身携带的全部个人衣物，特别是书籍、笔记本和信件等，一件不漏地受到检查，声称其中有许多是"违反美国出口法，应予以扣留"。有的物品竟由驻日美军兼侵朝"联合国军"总司令麦克阿瑟将军亲自审看。有一天，赵忠尧受审时，一位美军执法人员对他说："我们的麦帅（即麦克阿瑟）看了你女儿写给你的信，十分生气！"赵忠尧后来回国后向家人说起此事后，妻子怪女儿闯了祸，赵忠尧却在一旁笑而不语。他很明白事件的错综复杂，远非一封信的结果。

被驻日美军扣押的赵忠尧和罗、沈二位，都被迫换下所有衣服，穿上了印有"P"字样的囚服，且被隔离。赵忠尧所在的牢房是18号，另两位被关押在19号和40号牢房内。囚室里一边一张硬木板床，上面有一条麻袋片子似的旧毯子，两床中间放了一个"方便"用的马桶。

和赵忠尧关押在同一间牢房的还有一个日本人，这个人其实是一个小偷，是一个受过东方礼仪教育的穷人。赵忠尧对他表示了友善态度，并且把牢房中日本口味的生鱼片全部送给他。由于他们同居一室又朝夕相处，赵忠尧就趁此机会向他学习日文。关押期间向日本小偷学习日文，成了赵忠尧的一个意外收获。

赵忠尧被关押的日子很不好过。他一被扣押就严正抗议美国对他的无理拘禁，指责他们侵犯人权和违反国际公约，要求从速处理此事，要求公开审查并请律师为自己辩护。但是，抓押他们的驻日美军却答复道："我们执行的是来自华盛顿的命令，在东京无权处理你们的问题。"这使赵忠尧明白，他们三人被扣留，正是美国政府反华反共的政策所决定的。作为一名中国科学家，他必须维护民族尊严，坚持自己的正确立场。

美国对于顽强不屈的中国学者施加了种种软硬兼施的可耻手段。有一天，他们三人被押到一间空屋里，一一面对墙壁站着。他们听见了美国宪兵在他们背后拉枪栓和子弹上膛的声音，心想这下完了。后又认为美国佬不敢也不会就这样处置他们，就仍然毫不在意地挺立着。这使妄图威吓他们的美国兵悻悻地收起了把戏。

与美国串通一气的台湾当局这时派来了他们的驻日代表，假惺惺地对赵忠尧等三人进行"探监慰问"。他们装出十分关心的样子对赵忠尧说："美国当局对你们这个案子看得很重，你们硬顶下去没有好处。但是只要你们愿意回美国去，或者改去台湾，事情就好办多了。我们可以马上为你们进行疏通。"三个人厌恶这种纠缠，明白地表示拒绝。赵忠尧的老朋友、时任台湾大学校长的傅斯年也从台北给赵忠尧发来一个电报："望兄来台共事，以防不测。"赵忠尧立即复电予以拒绝。对于美国和台湾当局的一切威胁利诱，赵忠尧干脆一律回答道："我们决不去台湾，更不会去美国，我们坚决要求回到中国大陆去！"

面对美国的威逼利诱，他们毫不动摇；面对归途的艰难曲折，他们义无反顾；面对台湾的极力网罗，他们严词拒绝；面对新中国的需要和亲人的召唤，他们无怨无悔地踏上了归途。

科学没有国界，但科学家却有自己的祖国，没有什么艰难险阻能够阻挡赵忠尧归国的决心。

赵忠尧等三人在日本被无理扣押的消息传出后，立刻在国内外引起强烈反响，国内的人都很着急。当时郭沫若是世界保卫和平大会的副主席，亲自写信给世界保卫和平大会主席约里奥－居里，向美国提出抗议，号召全世界科学家促使赵忠尧教授顺利回国。由于赵忠尧被扣押，家里和他的经济关系也断绝了。郭沫若知道这事以后，就找人核定了一下赵忠尧回国以后应该给他定的工资，这样就把工资的一部分提前给了他的家属，以解决他们生活上的困难。

祖国关注着赵忠尧他们。1950 年 9 月 24 日，刚刚历尽千难万险从海外归来的中国科学院副院长李四光致电美国总统，提出严正抗议。

《人民日报》以大字标题报道了此事。中国政府和各人民团体，特别是我国科技界知名人士，纷纷抗议美国的无理行为。中央人民政府政务院总理兼外交部部长周恩来为此发表了严正声明，强烈抗议美国无理扣押我归国科学家赵忠尧等三人，指出美国扣押中国科学家是非法的。9 月 30 日，《人民日报》发表了吴有训等 189 位科学家和大学教授联合发出的致美国政府的抗议书。

国际舆论对此也深表关注和同情。世界科学组织对美国的丑恶行径"深表遗憾"，纷纷通电抗议。加州理工学院的师友们和世界科学界的朋友也给予了声援。

迫于新中国和国际上的正义力量，美国当局不得不于 1950 年 10 月 28 日将三位科学家放出，并一再表示所以发生此事，仅仅是由于"误会"。驻日美军的一位上校告诉他们，两次提出的物品，经送美国检查，其中并没有秘密文件，因此他们没有间谍罪。又说近两个月来他们在监狱中受了不少苦，要送他们到蒋介石代表团住处暂住一段时间，生活条件可以好一些。赵忠尧当即向那个美军上校表示："如果要送我去台湾，不如把我再送进巢鸭监狱吧！"美军上校回答他："我们已经有命令给驻日代表团，他们没有权力处理你们。"表示除了改善他们的生活环境外，别无他意。这样，赵忠尧等三人被监禁、扣押、拘留47天后，又被送到台湾驻日代表机关。在国民党特务分子的严密监视下，台湾代表反复劝说他们别回大陆，要他们到台湾去，并以优厚待遇相诱。可是，赵忠尧等三人回归大陆之心已不可动摇。

这样，三位学者又在蒋介石政府驻日代表处被软禁了两周。到11月15日，他们终于恢复了自由，搬到日本的雅叙园旅舍去住。当时，他们从一份油印的华侨民报上看到了祖国的科学界在愤怒地抗议他们被迫害的消息，感到了无限的兴奋和安慰，他们更迫切地盼望着早日回到伟大的祖国的怀抱。五天后，他们离开了横滨，开始取道香港回国。

不过，好事多磨，他们在途经香港时再次遇到了麻烦。港英当局说他们的过境证有问题，又把三人扣留了几天。由于赵忠尧等人已成了众所关注的新闻人物，他们后面更有着新中国政府和亿万人民这一坚强后盾，港英当局已经无法再公开留难，才不得不予以放行。这样，又经过多日的辗转，直到11月28日，赵忠尧三人才终于踏上了祖国大陆的土地。

美联社于11月28日从香港发出一条消息：

中国原子能权威赵忠尧教授昨天自日本（他在那里被美国占领部队扣留）抵达香港。他因据说与钱学森教授案件有纠葛而被询问。钱学森教授在9月初因企图把喷气机材料送往北京而在洛杉矶被捕。赵氏今日在英国警察保护下通过香港边界。亲共的本地报纸《新闻晚报》说，在赵氏被扣日本的时候，国民党中国驻东京的使团团长何世礼将军试图说服他去台湾，在国民党政府供职，但未能成功。

1950年11月28日，冲破阻挠的赵忠尧带着大批加速器资料和关键设备，终于回到阔别多年的祖国。赵忠尧将带回的器材和零部件如数交给中国科学院物理研究所，主持建成了我国第一台加速器，开展了原子物理的研究。就在这时，被美国海军次长说成"抵得上五个师"的钱学森也终于辗转回到了中国。聪明反被聪明误，五角大楼忘了估算一下，一个在美国实验室瞄准目标已经默默研究了四年的赵忠尧，他掌握的技术、他带回中国的技术和仪器设备能抵得上多少个师。因为，这位以自己的科学发现最早为原子核爆炸做出贡献的中国物理学家，实际上已经把原子核能理论技术掌握在自己手中。

十八　祖国欢迎归国科学家

历尽艰险归来的三位中国科学家受到了祖国人民的热烈欢迎。新华社、《人民日报》及全国各大报纸都发表了专题报道和专访文章。一路上，广州、上海、南京的著名科学家和政府文化教育部门的负责人都亲自到车站迎接，并举行欢迎大会。在南京，赵忠尧的家人和当地政府、各界同胞、南京大学物理系师生一道，涌向南京下关车站迎接，参加欢迎仪式。赵忠尧回到南京大学后，立即又前往鸡鸣寺一号的中国科学院礼堂，在那里，社会各界为赵忠尧举行了隆重的欢迎大会。

还没有回到家，赵忠尧就让妻子郑毓英找出了他出国前常穿的中式大褂，脱下了西装，重新穿上了旧棉袍，还兴致勃勃地在鸡鸣寺照了一张"全家福"。

1951 年 1 月 17 日，赵忠尧教授到达新中国的首都北京，应中央人民政府和中国科学院之邀，出席了在京科技界联合集会。中央人民政府政务院副总理兼中国科学院院长郭沫若和李四光、竺可桢、陶孟和、吴有训、裴文中、钱三强等科技界著名人士，再次欢迎并宴请了赵忠尧。

1月20日，《人民日报》发表了专访文章，高度评价了赵忠尧教授的爱国主义精神，并记述了赵忠尧的归国感受：

为中国人民所深切关怀的我国留美著名原子物理学家赵忠尧教授，已于一月十七日来到了北京。

年已48岁的赵忠尧教授，洋溢着青年人的热情和饱满的精神，他愤怒地谈起被美帝无礼迫害的经过。……赵忠尧教授是热爱祖国的科学家，他的回国的决心，不是美帝国主义的任何迫害所能影响的。

谈起回到祖国的心情和感想时，赵忠尧教授充满着无限的兴奋和愉快。他说最使他感动的是他到处受到人民热烈的欢迎和亲切的慰问。他看到了今天祖国人民这种热心服务和团结一致的精神，以及到处表现出来的伟大民族自尊心和自信心，这都是过去他所没有看到的情景。他看到今天祖国科学界的朋友们，个个人都是那么热心工作与学习，在人民政府的帮助与领导下自由研究和从事实际建设工作，这使他对比起四年中在美国所看到的，美国政府迫害美国进步科学家的情形。譬如在加州大学有一百余位教授和教员因为未参加宣誓声明自己不是共产党，就立刻遭到校方无礼解聘。著名科学家爱因斯坦因为拥护和平而受到美国当局的警告。而一些被强迫拉去参加国防科学研究工作的进步科学家，都失去了自由。在这样的对比之下，他对新中国更加怀着无限的热爱和希望。

历经数月磨难终于回到新中国的赵忠尧，感到祖国一切都是新的，充满着新奇，又受到了热烈的欢迎。赵忠尧就想一心投入工作中去，就如他后来回忆中所说的："自己向来未曾经过大的场面，又惭愧没有为人民做过多少事，心情很是兴奋与不安，只想尽快投入具体工作中去，为新中国的科学发展出力。"

其实，在回国后一路上的欢迎仪式中，赵忠尧就已经不顾长途奔波、身体疲惫，开始做学术报告。在上海，在欢迎他的聚会上，赵忠尧作了《核子与介子》为题的学术报告。中国科学院高能物理研究所的沈经教授，曾详细回忆了当时还是高中生的他无比激动地聆听赵先生报告的场景。他说：

> 欢迎赵先生的聚会，是在枫林桥的科学礼堂，规模较小。离交大不远，我骑车去的。赵先生一路风尘，朴实无华，一头乌亮黑发不加修饰，自然倒向一边。无框眼镜下面色黝黑，神情温和。一身浅灰色的西服和富有色彩的领带使他在台上显得格外庄重。在海外受磨难的痕迹依稀可见。欢迎会主持人是交大工会主席汪旭庄。虽然欢迎词也十分热烈，但赵先生的答词与学术报告不是轰轰烈烈，而是冷静精细，言简意赅。题目是《核子与介子》，这在当时对学生们是最神秘、最有吸引力的题目。

赵忠尧用图表演示他的讲演，非常直观生动。他把高深的学问演讲得一清二楚，十分有趣。演讲分四个部分，第一部分是用各种元素的每一个核子的结合能曲线，来说明核能释放的原理和何以如此巨大，讲解了重核裂变能释放与轻核聚变能释放的原理。第二部分是说明核力的介子交换理论。他使听众明白，蕴藏核能的核力是新力，不同于已被理解和广泛利用的引力、惯力、电力、磁力。核力是短程力，是通过有质量粒子——介子交换来体现的。第三部分讲了揭开核力秘密的研究工具——加速器及探测器等核物理实验仪器的构造与原理。第四部分简要介绍了原子弹基本原理。

　　赵忠尧的报告内容在当时是非常新的，在说明实验、理论与工程技术这三个方面的关系时，层次清晰，由浅入深，使听众感到实在。赵忠尧先生的报告对当时新中国的青年而言就像励志篇，有一些青年因此而迷上了核科学与核技术。

　　沈经说，当时，在上海交大校园里发生的一系列翻天覆地的变化，以及在校园里看到的英烈壮举，使学生们把国家的前途作为个人择业时考虑的重要方面。因为当时西方对新中国实行全面封锁，连上海都没有汽油，公共汽车拉一小拖车，装一煤气发生炉，通过烧煤产煤气为汽车提供动力。所以，新中国一开始就得自力更生，这是当时有志于理工的青年，特别是高中生在迈出人生关键之步时所了解的状况。至于核科学与核技术，那是绝对封锁的，学生们能知道的仅仅是新闻。因此，

1950年赵忠尧不同寻常的回国，对当时的青年有着深远的影响。

当时，高中生最关心的是考什么大学，报什么系。当时中学数理化课本都是美国的，缺少中国人自己编写的教材。赵忠尧的学术演讲令人豁然开朗、耳目一新。他是最初向新中国青年介绍涉及科学前沿的学术报告的，他所讲的内容也是当时最有政治影响和最具有制造工业前景的问题。当时听了赵忠尧报告的一些高中生，后来学核与电子的不少，他们一心想在这方面赶上外国，释放核能，并在核威慑下能有核防卫能力。

赵忠尧的回国以及他的学术报告的影响是巨大的，虽然关于赵忠尧放弃优越条件回国，正如赵忠尧报告中的很多内容一样，许多人对此并不怎么理解。比如沈经教授自己也是到后来才逐步理解的，他说：

> "三年困难时期"，才真正体会九年前学到的、当时科教界难理解的赵忠尧先生的两个大的举动：一是为什么在美四年放弃有兴趣、有名有位的物理研究，埋头枯燥无味的工程技术，专心为中国制造核物理实验仪器设备。二是为什么赵先生本可以在美国工作，却举家回国，并把设备运往新中国而惹了大麻烦。因为1959年我们遇到了不得不自己动手做设备的困境。尔后，中国开始大规模建设华西工业基地，1964年实现核爆。1965年中国开始以更大的规模建设以四川为核心的"山、散、洞"工业大三线。

可见，后来的艰难以及核物理发展对中国的重要性，越发凸显出赵忠尧所从事的工作的重要性以及他回国的重大意义。

1994 年 11 月 25 日，杨振宁在《中国科学报》（海外版）上发表《从 20 世纪的物理学看中国科学的发展》，其中写道："新中国是在 1949 年建立的，第一颗原子弹是在 1964 年爆炸的。在这 15 年间，新中国培养了无数人才，能够从探铀矿开始，到炼铀矿，再用化学方法把铀提炼出来，加上核物理学、爆炸物理学等方面的数不清的问题，有数不清的科学家和工程师来解决。所以，中国在 15 年时间里制造出原子弹，是一个世界史上的惊人事实。恐怕中国现代许多年轻人没有了解此发展史的意义。"1997 年 5 月 27 日，杨振宁又在吴有训、严济慈、赵忠尧、吴健雄先生的母校南京大学 95 周年校庆中发表演讲《近代科技进入中国的历史与回顾》："中国……国防武器的成功震惊了世界。原子弹、氢弹、火箭、卫星这些成果给西方人的震惊，不是在座的年轻人所能完全理解的。"

沈经教授最后说："风华海外报故里，桃李不言，下自成蹊。这正是一代宗师赵忠尧先生和他的同辈们在我们年轻时心目中的形象和奋斗的动力。"

当时，中华人民共和国成立以后，新旧体制、新旧社会正处在交替之际，科学家的团结和联合不仅仅是在机构上体现，更重要的是思想的统一和心的凝聚。对此，党中央在新中国成立初期采取了正确的方针政策，团结科学家，为科学家施展才

1952 年国庆节，赵忠尧（三排左二）作为国庆观礼代表受到毛泽东等党和国家领导人的接见

华为新中国建设做贡献提供了重要的政策保证。如 1952 年 1 月 11 日，李富春在给薄一波并转毛泽东主席的《关于中国科学院"三反"运动的情况报告》中指出：在科学院，"首先是确定对科学人才必须保护不伤的原则，已检讨者如不能过关，则帮助其过关。未检讨者（如所长）不必点名要其检讨。关于住房、汽车、暖气等问题，首先在党团员中说明这是政府批准的，不是浪费，更不是贪污。然后，在适当时机向群众说明，以解脱李四光、吴有训、华罗庚、赵忠尧等的包袱。其次，决定科学院进行'三反'运动的方针需与科学院的具体情况结合。……在科学家中主要的是启发思想，与思想改造相结合"。"弄清事实而不追究责任，用事实教育大家，使大家有所警惕与改正，不追究个人责任，不检讨个人生活"。这一政策保证了科学界思想的稳定，也增强了科学家专心为新中国建设贡献力量的信念和信心。

1954 年 3 月 8 日，中共中央对中国科学院党组《关于目前科学院工作的基本情况和今后工作任务给中央的报告》作了重要批示。批示指出："科学工作对国家建设具有重要的意义。要把我国建设成为生产高度发达、文化高度繁荣的社会主义国家，一定要有自然科学和社会科学的发展。"因此，"党必须关心科学研究工作，从各个方面为科学研究工作的开展创立有利的条件"，而"团结科学家是党在科学工作中的重要政策"。

批示详细地阐述了对待科学家的政策方针，指出科学家是国家和社会的宝贵财富，必须重视和尊敬他们，必须争取和团结一切科学界为人民服务；即使是对于少数历史上有过反革命活动的科学家，也应当争取并适当地加以使用。中央的这一态度是符合当时实际而且是极其重要的。批示进而判断指出，经过新中国成立后四年多的教育，我国科学家绝大多数都愿意接受党的领导，在科学工作上做出了一番成绩。因此，首要的任务就是发挥科学家在科学研究上的积极性，关心和帮助他们的研究工作，为他们的研究工作安排顺利的条件。为此，中央要求，必须合理使用他们以发挥其专长，使他们有可能集中精力和时间于科学研究工作；应当解决他们在科学研究工作中缺乏必要的设备、经费和助手的困难和其他困难；要让他们在科学研究工作中培养出学生来，把他们的专长传授给下一代。为了让他们能够安心于科学研究工作，还必须关心他们的生活，免除他们对家庭生活困难的顾虑。在科学上确有贡献的科学家在思想作风上仍然不免带有浓厚的旧社会的影响，只要不是做反革命活动，就不要对他们求全责备。不能像要求一般政治工作干部一样要求科学家，更不应因此而鄙弃和歧视他们。针对某些地方某种程度上存在着科学家在政治上受到歧视、在工作上和生活上得不到保证的状况，中央在《批示》中更是明确指出："这种状况是不能允许的，必须坚决予以改变。"这一切都解除了赵忠尧等科学家的思想顾虑和后顾之忧。

十九　主持核物理研究与研制加速器

　　1951 年，赵忠尧到了北京后，就被留在了中国科学院，参与创建近代物理研究所的工作。由于赵忠尧感到自己更愿意也更适合做具体的工作，便决定到实验室，着手核物理实验方面的建设。

　　赵忠尧全家也就搬到了北京，住进了位于地安门的新房子。妻子郑毓英也一如既往、默默无闻地做好丈夫的后勤工作，担负起全部家务劳动和孩子的教育任务。赵忠尧从此全身心地投入祖国的核物理研究之中。

　　新中国成立之初，正是核物理作为一门学科形成的时期。相对于欧美物理学界高能物理实验室的建立与加速器建造的盛况，核物理研究基础薄弱的中国尚处于起步阶段。好在新中国成立后国家科学研究机构——中国科学院的建立为核物理研究提供了一个良好的环境，而且相应的队伍也逐渐形成。

　　1949 年 11 月 1 日成立的中国科学院，是通过接收原中央研究院和北平研究院的研究机构和科技人员组建而成。建院之初，自然科学方面有 16 个研究单位，近代物理研究所就是其中之一。

1951 年，近代物理研究所职工在东黄城根所址合影（前排左五为
赵忠尧）

该所是由原北平研究院原子学研究所和中央研究院物理研究所原子核物理部合并而成，并于 1950 年 5 月 19 日正式成立。刚从国外回来的原中央研究院物理所研究员赵忠尧，就成了近代物理研究所最早的创建者之一。

1952 年，近代物理研究所制订了第一个五年计划，明确了办所方向："以原子核物理研究工作为中心，充分发挥放射化学，为原子能应用准备条件。"计划要求，在核物理方面，第一个五年计划内要建成高压倍加器、质子静电加速器，研制出有关的各种探测器，争取建成回旋加速器。同年底，对所内的研究机构做了调整，建立了实验核物理组、放射化学组、宇宙射线组、理论组等四个大组，赵忠尧担任了实验核物理组的组长。实验核物理组又分为四个小组，分别是加速器组、探测器组、电子学组、核乳胶和云雾室组，赵忠尧还具体担任了加速器组的负责人。

1953 年，近代物理所从北京城里搬到中关村，并改名为中国科学院物理研究所。那时中关村刚开始建设，一共只有一两座办公楼，仅有的几幢住宅周围都是耕地。当时国内物资非常缺乏，工作甚难开展。为了争取时间、培养干部，大家决心先就力所能及的范围，建立一个核物理和放射化学的实验基地。边干边学，逐步掌握理论和技术。

经过努力，到 1954 年初步建立了中关村的物理研究所工作基地。1956 年，经国务院批准，将物理研究所与位于北京远郊坨里的原子能科学研究基地合并，仍称中国科学院物理研究所，赵忠尧担任物理研究所副所长。1958年，以应用研究为主的大规模实验设施在北京西郊建成，称为二分部，原有的以基础研究为主的研究室称为一分部，全所更名为原子能研究所，赵忠尧担任原子能研究所副所长。1973年，根据周恩来总理的指示，一分部扩建并改名为高能物理研究所，赵忠尧担任高能物理研究所副所长。在这个岗位上，赵忠尧教授三十年来为发展我国的核物理和高能物理研究事业，为培养我国的核物理和高能物理研究人才，做出了重要贡献。

赵忠尧在美国费尽千辛万苦购置的一些器材，大部分都安全运回了国内，全部转到中国科学院近代物理研究所。当时，以美国为首的资本主义国家对我国实行全面禁运，苏联这个渠道也没有打通，近代物理研究所开创时期的实验工作几乎全部靠这批器材。也正是在这样艰苦的条件下，赵忠尧在这里主持建立了我国第一个核物理实验室。

在主持核物理研究过程中，赵忠尧带领年轻助手，白手起家。赵忠尧追踪科学前沿，把握方向，然后放手让年轻人大胆地干，大胆地闯，极大地发挥年轻人的积极性和主动性，培养年轻人的独立工作能力，甚至许多关键性的工作也鼓励年轻人去干，充分相信他们，锻炼他们。而且赵忠尧平易近人，总是不厌其烦地详细解释青年人向他提出的问题，同时他又十分严格，他的一丝不苟的态度和作风给大家留下了深刻的印象。正因为这样，不仅使得核物理实验室建设得比较完备，而且更重要的是，在建立实验室的过程中，赵忠尧培养了一批优秀的科研人才，锻炼了一支科研队伍。

近代物理所搬到了中关村，核物理实验室开始建立，这意味着中国的原子能研究将实现一个重要飞跃。但是，要真正揭开原子的秘密，只有大楼和一般的实验室还不行，仪器设备是不可或缺的，加速器就是其中最重要的部分。

为了认识赵忠尧主持建造加速器的意义，我们还得对加速器的历史和作用有一个认识。

早在 1919 年，英国科学家卢瑟福用天然放射源中能量为几百万电子伏、速度为 2×10^9 厘米／秒的高速 α 粒子束（即氦核）作为"炮弹"，轰击厚度仅为 0.0004 厘米的金属箔的"靶"，实现了人类科学史上第一次人工核反应。利用靶后放置的硫化锌荧光屏测得了粒子散射的分布，发现原子核本身有结构，从而激发了人们寻求更高能量的粒子来作为"炮弹"的愿望。静电加速器（1928 年）、回旋加速器（1929 年）、倍压加速器（1932 年）等不同设想几乎在同一时期提了出来，并先后建成了一批加速装置。

1932 年，美国科学家柯克罗夫特（J.D.Cockcroft）和爱尔兰科学家沃尔顿（E.T.S.Walton）建造成世界上第一台直流加速器，命名为柯克罗夫特—沃尔顿直流高压加速器，以能量为 40 万电子伏的质子束轰击锂靶，得到 α 粒子和氦的核反应实验。这是世界历史上第一次用人工加速粒子实现的核反应，因此获得了 1951 年的诺贝尔物理学奖。

1933 年，美国科学家凡德格拉夫（R.J.van de Graaff）发

明了使用另一种产生高压方法的高压加速器，命名为凡德格拉夫静电加速器。

奈辛（G.Ising）于 1924 年，维德罗（E.Wideroe）于 1928 年分别发明了用漂移管上加高频电压原理建成的直线加速器，由于受当时高频技术的限制，这种加速器只能将钾离子加速到 5 万电子伏，实用意义不大。但在此原理的启发下，美国实验物理学家劳伦斯（E.O.Lawrence）1932 年建成了回旋加速器，并用它产生了人工放射性同位素。劳伦斯由此获得了 1939 年的诺贝尔物理学奖。

由于受加速粒子质量、能量的制约，回旋加速器一般只能将质子加速到 2500 万电子伏左右，如将加速器磁场的强度设计成沿半径方向随粒子能量同步增长，则能将质子加速到上亿电子伏，称为等时性回旋加速器。

为了对原子核的结构做进一步的探索和产生新的基本粒子，必须研究能建造更高能量的粒子加速器的原理。1945 年，苏联科学家维克斯列尔（V.I.Veksler）和美国科学家麦克米伦（E.M.McMillan）各自独立发现了自动稳相原理，英国科学家阿里芳特（M.L.Oliphant）也曾建议建造基于此原理的加速器——稳相加速器。

自动稳相原理的发现是加速器发展史上的一次重大革命，它导致一系列能突破回旋加速器能量限制的新型加速器产生：同步回旋加速器（高频加速电场的频率随倍加速粒子能量的增加而降低，保持了粒子回旋频率与加速电场同步）、现代的质子直线加速器、同步加速器（使用磁场强度随粒子能量提高而增加的环形磁铁来维持粒子运动的环形轨迹，但维持加速场的高频频率不变）等。

至此，加速器的建造解决了原理上的问题，但提高能量受到了经济上的限制。随着能量的提高，回旋加速器和同步回旋加速器中使用的磁铁重量和造价急剧上升，提高能量实际上被限制在10亿电子伏以下。同步加速器的环形磁铁的造价虽然大大降低，但因横向聚焦力较弱，真空盒尺寸必须很大，造成磁铁的磁极间隙大，依然需要很重的磁铁，要想用它把质子加速到100亿电子伏以上仍是不现实的。

1952年，美国科学家柯隆（E.D.Courant）、李温斯顿（M.S.Livingston）和史耐德（H.S.Schneider）发表了强聚焦原理的论文，根据这个原理建造强聚焦加速器可使真空盒尺寸和磁铁的造价大大降低，使加速器有了向更高能量发展的可能。这是加速器发展史上的又一次革命，影响巨大。此后，在环形或直线加速器中，普遍采用了强聚焦原理。

美国劳伦斯国家实验室1954年建成的一台62亿电子伏能量的弱聚焦质子同步加速器，磁铁的总重量为1万吨。而布鲁克海文国家实验室330亿电子伏能量的强聚焦质子同步加速器，磁铁总重量只有4000吨，这说明了强聚焦原理的重大实际意义。

自世界上建成第一台加速器以来，七十多年中加速器的能量大致提高了九个数量级，同时每单位能量的造价降低了约四个数量级，如此惊人的发展速度在所有的科学领域都是少见的。

随着加速器能量的不断提高，人类对微观物质世界的认识逐步深入，粒子物理研究取得了巨大的成就。加速器无疑是核科学的动力源泉所在，核爆炸的核心技术就是加速器。赵忠尧非常清楚，要推动中国的核科学发展，必须建造自己的加速器。

于是，1955 年，赵忠尧带领年轻的研究人员开始空气型静电加速器的预先研究工作，并利用从美国带回来的部件和器材，终于主持装配建成了我国第一台加速器，这是一台能量为 70 万电子伏的质子静电加速器。这台加速器当时被称为 V1 加速器，V 是这种加速器发明人姓名的第一个字母。正是有了这一台加速器，才有了我国后来的正负电子对撞机，这对我国的核物理的发展，包括国防系统原子弹的爆炸起到了很好的作用，以至有人说赵忠尧先生是中国核物理的鼻祖、开拓者，这话是一点不假的。

在这个基础上，赵忠尧等科研人员又着手研究制造一台 250 万电子伏的高气压型质子静电加速器。那时，离子源、加速管、高压电极、高真空等加速器的核心技术在中国算得上是极高精尖的技术，但是，不得不说，建造加速器的过程是极其不易的，因为一切都得自力更生。

例如，那时国内几乎还没有能够制造离子源的材料，甚至连焊接加速器真空系统的焊料也没有。赵忠尧等科技人员只能自己制造焊料，最后成功地完成了 V2 加速器真空系统的焊接。制造加速器的加速管对于科技人员来说也是全新的课题，加速管的封接也是建造加速器的关键步骤之一。好在赵忠尧在美国期间，曾在麻省理工学院学习了这种加速管的封接技术。于是，科技人员在赵忠尧的指导下，又仔细研究赵忠尧从美国带回来的"样品"，最后成功地制造出了高性能的加速管。为了找到能够制造离子源的材料，他们甚至到天桥旧货市场的废旧军用物资中去寻找。

曲率半径大约为1米的静电分析器的制造更为困难。由于要充到250万伏特的高压，表面必须做得非常光滑，对光洁度和曲率精度的要求非常高。但那时的科技人员硬是用手工制作成功了，这在今天也不是一件容易的事。为了测量质子束流打到水晶片上的能量数据，虽然科技人员明明知道射线的危害，但由于在当时没有更好的辅助仪器，他们便用眼睛直接观测。

在那时，近代物理研究所在深夜常常是灯火通明，学术氛围特别好，在科研人员和工人的头脑里根本没有加班的概念。科研人员有新的想法了，随时找工人修改设计；工人在建造中遇到困难了，也随时找科研人员帮助解决。所有科技工作者的心中只有一个目标，那便是要建造成功我国自己的加速器。1958年1月，V2加速器终于出了第一束离子束流，中国终于建造成功了自己的加速器。

这段时期，赵忠尧虽然有时参加些国内外的社会活动，未能始终在实验室与大家共同工作，但仍然参加了主要的领导工作。因此，赵忠尧后来回想起来认为，最庆幸的是自己及时回到祖国，参加了新中国最早的加速器的建造及核物理实验室的建立。那时，研究所里调集了一批业务基础好，又刻苦肯干的中青年科研人员，国家还从原南京中央研究院物理研究所等处调来了一批有经验的工人师傅，真是人才济济，朝气蓬勃。

V2 加速器的建成，极大地振奋了我国科技界。在 1958 年的全国科技展览会上，毛泽东、刘少奇、周恩来等国家领导人都兴致勃勃地参观了陈列在展览会上的 V2 加速器模型，朱德总司令更是亲自前往近代物理研究所视察。不单在国内，国际上也特别关注 V2 加速器的建成。不仅仅是社会主义阵营，资本主义国家也有专家来参观，如苏联的塔姆、阿奇莫维奇，丹麦的波尔等著名科学家。他们参观后表示，中国可以进行核科学研究了。

通过建造 V2 加速器，我国科技人员逐步掌握了高压技术、高真空技术、高频技术及离子源技术。这些技术的积累还带动了相关的探测器技术及记数管技术等原子能技术，为我国核事业的发展打下了坚固的基石。V2 加速器的建设成功，使我国拥有了自己可以信赖的核科学实验工具。后来我国在进行氢弹的设计时，国外已经公开了有关氢弹的轻核反应数据，但我国科学家还是在 V2 加速器上测试后才确认。

许多在 V2 加速器上工作过的科技人员后来都成为我国发展核事业的骨干力量。如曾经负责高真空技术的金建中，后来成为我国高真空技术的权威专家，1980 年当选为中国科学院院士，领导了兰州高真空技术研究所的建设。当时负责 V2 加速器的离子源技术及后期运行维护的叶铭汉，后来参与领导了中国科学院高能物理研究所正负电子对撞机和北京谱仪的建设，1995 年当选为中国工程院院士。

最重要的是，作为进行核科学实验的一个工具平台，V2加速器成为培养我国核技术专业人才的"孵化器"，当时几乎所有准备上核项目的单位都派人到这台加速器上培训，科技界把这台加速器亲切地称为"老母鸡"。

赵忠尧在晚年回忆起当年自己梦寐以求的加速器的研制，仍然掩饰不住兴奋之情。他说：

> 与大家一起边干边摸索经验，从磨玻璃环开始，到涂胶、加热封接，每一步都精益求精。这台250万电子伏高气压型的质子静电加速器终于在1958年建成。由于加速管和真空部件做得好，所封接的加速管这么多年没有坏，一直用到现在，质量比苏联进口的还要好。这在当时国内一穷二白的条件下，既无资料可查，又不能出国考察，的确不是一件轻而易举的事。在建立实验室和研制加速器的过程中，我们不仅学习了真空技术、高电压技术、离子源技术、核物理实验方法，而且在工作中培养了踏实严谨、一丝不苟的科研态度，一批中青年科技骨干迅速成长起来。虽然现在这两台加速器几乎到了进博物馆的年龄，但在新中国成立初期，它们的确起过示范作用。不少人形容中关村分部是下蛋的老母鸡，这话也许并不为过。

在自行研制加速器的过程中，中国还向苏联订购了一座原子反应堆、两台回旋加速器和若干测试仪器，并派遣了一批中年骨干和青年学生前去学习。此后，原子能研究所在中关村的一分部除于 1958 年建成一台质子静电加速器外，还着手研制了电子直线加速器和进行其他探索性的工作。在坨里的二分部的回旋加速器建成后，赵忠尧还一度参加在回旋加速器上进行的质子弹性散射、氘核削裂反应等方面的研究工作。

赵忠尧的愿望实现了，中国的核研究因此也大大加快了速度。此后，赵忠尧又主持建立了核物理实验室，具体领导和参加了核反应研究。中国第一颗原子弹爆炸、第一枚氢弹爆炸、第一艘核潜艇下水、第一台高能量正负电子对撞机问世、第一个核电站破土动工……这些原子能开发领域的成果，有将近一半的技术力量来自赵忠尧和他的学生们。

20 世纪 50 年代中期，赵忠尧全家已经搬到了中关村 14 楼 104 号，此时，孩子们也已经逐渐长大。当时，在 14 楼前时常会见到一位漂亮的小姑娘，大人们会说："看，'祖国的花朵'。"孩子们会说："看，'中队长梁惠明'。"虽然她是"祖国的花朵"，可她不叫梁惠明，她叫赵维勤，是赵忠尧的二女儿，因为在新中国第一部儿童影片《祖国的花朵》中出演少先队中队长梁惠明而闻名，那年她才 12 岁。虽然这部反映纯真年代的纯真主题的电影已经渐渐被人淡忘了，但电影中的插曲《让我们荡起双桨》却传唱至今。那时，赵忠尧在繁忙的工作之余，还偶尔利用休息时间，带着孩子们去昆明湖"荡起双桨"，享受天伦之乐。

二十　创建中国科学技术大学原子核物理系

　　20世纪50年代，是第二次世界大战结束后，以原子能、计算机、半导体、激光、生物技术、航空技术为代表的新兴科学技术的快速生长期，科技进步为人类展现出一个全新景象。然而，中国当时的科技力量和综合国力十分薄弱，难以适应国家发展和国际竞争的需要。1956年，中共中央发出"向科学进军"的号召，在周恩来总理和陈毅、李富春副总理的直接参与下，国务院科学规划委员会制订出我国第一个科学技术发展规划，即《1956—1967年科学技术发展远景规划》。《规划》对当时我国未来十年的科技发展作出了全面部署，并列出若干填补空白及追赶国际先进水平的项目。当时流行的"破除迷信，解放思想"的口号，也为科学家们开辟新的研究领域、攀登科学高峰增添了勇气和力量。中国科学院于1956年建立半导体、电子学、计算机和自动化等研究所，1958年产生了制造人造卫星和人工合成胰岛素的设想，并着手原子弹、导弹等尖端科技领域的研究。所有这些，标志着中国科学技术的现代化开始起步。

　　20世纪50年代，作为全国学术科研中心的中国科学院虽拥有众多的高级科学人才，但急需补充优秀的后备力量，特别是国内新兴技术学科方面的尖端科技人才。而当时高等院校的毕业生，在数量和质量上都难以满足需要。在这种情况下，利用中国科学院的自身优势，创办一所培养新兴、边缘、交叉学科尖端技术科技人才的新型大学，就成为科学院领导和许多科学家的共同构想。

1957年10月至1958年1月，中国科学院主要领导成员参加中国科学技术代表团访问苏联。访问中，代表团参观了新建的西伯利亚科学分院及同时建立的新西伯利亚大学，受到很大启发。该大学依托科学分院各研究所的师资和实验设备，培养研究所的后备人才。访苏归来，中国科学院领导和部分科学家正式倡议，改变我国教育的传统模式，把教育和科研密切结合起来，由中国科学院创办一所新型的理工大学。

1958年5月9日，中国科学院党组书记、副院长张劲夫代表科学院党组向负责全国科技工作的聂荣臻副总理和中宣部呈交请示，建议由中国科学院试办一所大学，并提议由中国科学院院长郭沫若、教育部副部长黄松龄等9人组成筹备委员会。聂荣臻副总理随即向周恩来总理汇报科学院拟办大学一事，得到周恩来总理的首肯。

1958年6月2日，经中共中央书记处会议讨论，中央政治局常委、总书记邓小平批示："书记处会议批准这个报告，决定成立这个大学。"刘少奇、周恩来、陈云等领导同志也批准了中央书记处的决定。

1958 年 6 月 8 日，中国科学院院长郭沫若主持召开学校筹备委员会第一次会议，决定学校定名为"中国科学技术大学"（后文称"中科大"），明确教学设备原则上由科学院各有关研究所负责。会议决定学校设置原子核物理和原子核工程系、技术物理系、化学物理系、物理热工程系、无线电电子学系、自动化系、力学和力学工程系、放射化学和辐射化学系、地球化学和稀有元素系、高分子化学和高分子物理系、应用数学和计算机技术系、生物物理系、地球物理系等 13 个系。

　　同年 7 月 28 日，学校筹备委员会举行第一次系主任会议，出席会议的有杜润生、郁文、晋曾毅、张新铭、赵忠尧、施汝为、华罗庚、钱学森等 30 人。会议决定任命了 13 个系的系主任，其中中国科学原子能研究所副所长赵忠尧就被任命为原子核物理和原子核工程系主任。从此，赵忠尧开始腾出大部分时间和精力，投入中国科技大学的筹建以及主持原子核物理和原子核工程系的建设当中。

　　赵忠尧参与了中国科技大学筹建的全过程。建校初期制订教学及科研方针是关键，赵忠尧先生参与全校的方针制订，并对本系的专业设置、教学计划做出具体安排。

　　7 月和 8 月间，中国科学院副院长张劲夫、吴有训和副秘书长郁文、杜润生，技术科学部主任严济慈先后主持召开四次系主任会议，认真研讨了各基础课教学计划，讨论通过了吴有训、严济慈、华罗庚、赵忠尧等 37 名任课教师名单，提出"苦战三年打下基础，奋战五年建设成具有先进水平的大学"的奋斗目标，确定学校的培养目标是为国家输送具有社会主义觉悟，既有坚实科学理论基础，又掌握最新实验技术的又红又专的科学技术人才。

1958 年 7 月，赵忠尧被任命为原子核物理和原子核工程系系主任后，招生前参加了三次系主任会议，参与制定了学校的办学特色和方向：功课要量多质高；基础课和专业技术兼备，培养多面手；红专并进，以红带专，亦即后来所称的教学重、紧、深。与此同时，赵忠尧决定，01 系即原子核物理与原子核工程系的数学、物理、化学都按第一类课程安排。

在专业设置上，尽快填补国内高校在新兴学科方面的空白，加紧建设一些力量薄弱的专业，是酝酿建校时一个十分重要的因素。为此，中科大实行了创新型的系科专业设置模式。中科大在系科专业设置上没有采用苏联理工分家的模式，而是实行理工结合、科学与技术结合。赵忠尧则根据这样的方针，并且结合世界物理科学发展的方向，设立了原子核物理和原子核工程两个专业。原子核物理专业又包括理论物理、实验核物理、（核）电物理——核电子学、加速器等方向，而原子核工程事业包括核反应堆物理、反应堆工程、热工等方向，这一切都是代表当时世界核物理发展方向的内容。

在办学模式上，中国科学技术大学自创办伊始，就给当时的中国高等教育模式带来一系列新的变革，为我国现代高等教育的改革和发展，探索出新的道路，注入新的活力，并在许多方面积累了积极有益的经验。赵忠尧参与制定了中国科大独具特色的办学方针，这就是中国科学院对中国科大实行的"全院办校，所系结合"的办校方针。这一办校方针在我国高等教育界独树一帜，改变了教育体制和科研体制相互割裂的状况，促进了教学与科研的一体化建设。它不仅开创了我国教育史上的一个先例，而且在实践中显示出强大的生命力。

中国科学院发挥人才、设备等优势，全力支持中科大办校，所系之间对口合作，大批科学家到校讲课和开展合作研究。建校初期，中国科学院每年到校授课的科研人员达300人次。马大猷、贝时璋、严济慈、华罗庚、钱学森、吴有训、柳大纲、赵九章、赵忠尧等一批国内最有声望的科学家亲自登台授课，及时把最新科技成就和科研前沿课题传授给学生。他们承担了专业设置、教学计划、教学大纲制订以及编写讲义等一系列工作。这样，既解决了建校初期师资缺乏的困难，也极大地丰富了教学内容，保证了高起点、高水平的教学质量。

根据学校办学总方针，赵忠尧在原子核物理与原子核工程系提出了"教员：教学和科学研究同时并举；学生：课堂学习和科研实践同时并举"的原则。赵忠尧作为系主任的这些决策，对中国科大，特别是对原子核物理与原子核工程系的迅速成长起了关键作用。

赵忠尧非常重视教学特色。他聘请知名专家，到本系开设专题讲座。这些专家包括严济慈、张文裕、关肇直、朱洪元、彭桓武、李德平、彭士禄、李整武、梅镇岳、张宗烨、杨衍明等。赵忠尧亲自在原子核物理与原子核工程系开设了"原子核反应"

1963 年 7 月，担任中国科学技术大学近代物理系主任的赵忠尧（二排中）与首届毕业生合影

课程，与此同时，还请专家长期开设了一些专题课程，比如张文裕的"宇宙射线与高能物理"、郑林生的"核谱学"、丁瑜的"分子束实验"等，不仅开阔了学生视野，而且追踪了科研前沿。这种方式演化为后来中科大研究生的"近代物理专题"课。

理工分家，过分强调学生专业知识而轻视基础课教学，是20世纪50年代我国高等教育照搬苏联模式的一大弊端。在中国科技大学成立暨开学典礼大会上，郭沫若校长指出："希望我校的同学们人人都能成为多面手，我们不仅要掌握尖端，而且要有深厚的基础、广博的知识、丰富多彩的技能。"中国科大建校伊始就十分重视培养学生宽厚扎实的理论基础、熟练的实验技能和创新意识，要求学生在五年内完成七年学业，教学上选用最深、最难的基础课教材，专业课教材一律新编，吸收最新的科技成果。华罗庚副校长亲自担任教材审委会主任，各系成立教材编审小组，做好教材编审工作。学校还在国内大学中率先将外语列入全校基础课，数、理、化、外、电、图从此成为中科大的理论基石。中科大在教育界最早强调宽口径培养人才，五年学制中用三年半时间讲授基础课程，高年级学生到中国科学院相关研究所做科研实践或撰写毕业论文，不仅保证了毕业论文的质量，而且使学生较早受到科学研究的训练，增强了他们毕业后从事科学研究工作的能力。

重视科研成为中国科大以及原子核物理与原子核工程系的传统。1960年2月，学校还召开了第一次科学研究工作报告会，钱学森、赵忠尧、侯德封、郭永怀、柳大纲等到会听取师生报

　　赵忠尧利用从国外带回来的部件主持装配建
成的我国第一台加速器，现陈列在中国科学技术大
学赵忠尧纪念馆

告并作总结。华罗庚、施汝为等分别到校主持数学、物理研讨会，与师生一起开展科研活动。1963 年 9 月，为纪念建校五周年出版的《科学论文集》选入师生论文共 80 篇。郭沫若在《发刊词》中指出："科学技术现代化尤其是四个现代化中的关键问题。为国家多多培养人才，多多贡献出科研成果，这是本校建校的根本任务。"

在重视科研的基础上，一向重视动手能力和实验技能的赵忠尧极为重视加强实验室的建设。他提出了教学实验与科研实验室结合的思想，不断向新的前沿课题发展。1958 年十进制万位定标器的建设，1960 年穆斯堡尔谱学实验的开展，1962 年 g-扰动角关联的实验，1962 年百道脉冲分析器的建设等，都是这一思想实践的成果。在中国科技大学任职期间，赵忠尧还主持创建了现代化的专业实验室，开设了 β 谱仪、气泡室、γ 共振散射、穆斯堡尔效应、核反应等先进的实验，使学生在理论和实践两方面都得到发展，并使中国科技大学近代物理系在较短的时间内跻身于国内一流系科的行列，大大推进了中国科大原子核物理与原子核工程系的发展。该系学生参与实验室建设及教师的科研工作延续至今。

赵忠尧等一代开拓者为中科大建立的优良学风已经结成硕果，主要包括：第一，强烈地冲击科技前沿（课题）的意识，拼搏精神。第二，依据科技发展调整专业方向：粒子物理与核物理方面，实现了从单纯核物理转向高能物理、原子分子物理、核技术应用、核固体物理；核电子学方面，国内最先开展核电

1958 年，赵忠尧在给同学们讲课

子学与计算机结合，而且开展物理电子学研究；依据科技发展要求，开展理论物理、等离子体物理（全国最早建立的专业）、加速器（核技术及应用）的研究。第三，选择前沿课题，包括同步辐射加速器的研制、量子计算机等。中科大为中国原子核物理与原子核工程专业培养了一批高素质人才，大部分毕业生成为各科研单位的业务骨干。后来从事同步辐射加速器的主要业务骨干——总工程师、总工艺师，直线加速器、控制系统、电子束流光学等骨干都是中科大的毕业生。

在老一辈科学家的指导下，中科大迅速成长，已成为一所重点大学，在国外亦受到重视。为了永远记住赵忠尧在科学及科大创建中的卓越贡献，中国科技大学建立了赵忠尧纪念馆。赵忠尧等老一代科学家在中科大建设中的作用将永远铭记在中科大人心中，他们为中科大培养的良好学风将永远激励科大人奋勇向前！

赵忠尧在中国科技大学的创业和教学中给学生留下了深刻印象。根据《赵忠尧》电视专题片记者的采访，许多中科大教授都深深地怀念赵忠尧教授对中科大发展的贡献。

中国科技大学教授、博士生导师韩荣典："这课上了四十年了，我们现在还觉得印象非常深刻。赵老师讲得深入浅出，把物理概念、图像跟公式结合得非常好，给我们一个非常大的启发。"

中国科技大学教授、博士生导师杨保忠说："赵老先生在我们系从教学计划、请人上课、实验室安排都是他一手搞的，所以赵老先生给我们的影响很深很深。"

中国科学技术大学教授、博士生导师肖建国回忆："在毕业论文之前有一个高年级核物理实验，那时候科大没有条件，他就安排我们到研究所去，原来中关村一部的地方，做整套的物理实验，从放射性实验到天体物理实验，到宇宙射线物理实验。这个为我们毕业以后的工作打下了一个好的基础。"

中国科学技术大学教授、博士生导师许咨宗说："课外他经常到系里来，对大家都笑哈哈的，嘘寒问暖。特别是当时是困难时期，学生的身体状态不是很好，所以他特别关注不但要把学习搞好，而且身体也一定要爱护。"

作为中国科学技术大学教学委员会委员的赵忠尧，在教学上特别强调科学与技术的结合，课堂教学与实际研究的结合，并且将这种教学方法贯彻到学校的教学思想体系中，为学校在创建过程中逐渐形成"勤奋学习，红专并进，理实交融"的优良校风起到了极大的推进作用。

中国科学院院士、第三世界科学院院士、中国科学技术大学校长朱清时说："我们这个原子核物理系，后来改名叫近代物理系，一开始就有很高的起点，他安排的教学计划、教学大纲和请来的教授都是很高水平的。中科大在建校第二年，就成为全国三所顶级名校之一——清华、北大、中科大，一直到90年代上半叶。"国务院新闻办公室主任赵启正、中国科学院高能物理研究所前所长郑志鹏、中国科学院理论物理研究所研究员张肇西等都是58级01系的学生，他们曾深情地回忆说：

记得开学的第一堂课就是赵忠尧系主任给我们讲解 01 系所设专业及其内容。他深入浅出的论述，饶有风趣的讲话，激起了我们学习的浓厚兴趣。最后他勉励我们"勤奋学习，打好基础，攀登科学高峰，培养成为祖国有用之才"的话语成为我们以后的五年乃至今后一生的奋斗目标。

我们 58 级感到十分荣幸的是：赵老师不但安排了张文裕、关肇直这样的著名科学家为我们上课，而且他还亲自为我们讲"原子核反应"的专业课。虽然 40 年过去了，我们还记得讲课的主要内容和他讲课时的音容笑貌。他渊博的知识、严格的逻辑推理以及对理论与实验关系的深入诠释给我们留下了极深刻的印象。我们不但从中学到了核反应的知识，更重要的是学会了正确的科研思路和方法。这些都使我们以后的科研受益无穷。

作为一个实验物理学家，赵忠尧先生十分重视实验技能和方法的培养，理论联系实际、手脑并用作风的培养。为此，他和梅镇岳老师，在短短时间，在十分困难的情况下，建设了一个门类比较齐全的核物理实验室，使同学们在核检测技术、电子学、数据获取与分析等方面受到了良好的训练，为我们今后的工作打好了坚实的基础。

身教重于言教。在五年的大学生活以及以后与赵老师接触的日子里，赵老师朴实无华、谦虚谨慎、宽宏大量的品格以及他对科学的热爱和执着精神深深地影响着我们。

我们58级同学相聚时，常常提及赵老师，我们为有这样一位师长而感到荣幸。

中国科学技术大学的秋天，是富有诗意的秋天。

只是充满诗意的校园里永远没有了赵先生那瘦弱的背影。

在中国科学技术大学星辰璀璨的历史天空中，赵忠尧先生是一颗明亮的恒星，他的学识和人格的光芒，始终指引着万千学子在科学道路上不断前行。

二十一　从反"右"运动到"文革"

　　中国科学技术发展和其他各行各业一样，在 1957 年经历了一个不同寻常的夏天，那就是整风运动和反右斗争。这场在当时被认为是"在政治战线上和思想战线上的社会主义革命"，对中国科学技术的发展产生了极大的影响，导致中国社会科学文化观向"政治化科学观"方向发展。

　　这场所谓的"社会主义与资本主义两条道路的斗争"，在科学技术领域的主要问题突出地集中在以下几个方面：

　　首先，科技发展要不要政治挂帅，要不要党的领导。

　　当时的判断是"资产阶级'右派'分子向党发动了猖狂进攻，企图篡夺党对科学技术的领导，让科学技术离开社会主义轨道"，认为"他们提出了一整套反党、反社会主义的科学工作纲领。他们攻击党对科学技术的领导，叫嚷'外行不能领导内行'。他们提倡'为科学而科学'，否定科学为社会主义建设服务的神圣任务"。因此，提倡科学领域的政治挂帅、提倡党的领导，成了当时科学发展的方向问题。当时认为"自然科学和技术虽然没有阶级性，但在为谁服务和归谁所有这一点上却有着强烈的阶级性；在阶级社会里，所谓'为人类服务'只是骗人的鬼话；自然科学和技术不能脱离政治，而要服从政治；政治是统帅和灵魂，任何时候都是政治领导技术"。"科学工作、科学团体是不可能超阶级的，不是党去领导，就是资产阶级去领导，不是社会主义的政治挂帅，就是资本主义的政治挂帅。"时人从历史和理论等多方面论证了政治从来就是领导技术的，认为政治是经济的表现，它代表着统治阶级的经济利益，因此它就必然反过来领导它所服务的主人。与此同时，技术专家——技术知识分子不是一个独立的阶级，它只是附属于一定阶级的一个阶层，它本身的力量微不足道，它的作用是要在和阶级结合的时候才能显示出来，因此所谓的"工程师专政"只能是一种反历史唯物主义的幻想而已。从此，科学界弥漫着浓厚的政治氛围。

在这场科学政治化运动中，就科学技术工作者个人而言，政治方向问题表现在红与专的关系上。在科学技术的发展道路上，科学工作者不能一心只想着个人的兴趣和发展前途，否则就被指责为不是全心全意为人民服务，不为社会主义建设服务。科技界普遍开展了红专辩论，那种"只专不红""先专后红"的所谓"资产阶级道路"受到了批判，许多科学工作者都因此甚至被迫选定了"又红又专""红透专深"的道路。通过整风和反右运动，科学技术发展、科学机构和科学团体不能没有党的领导，不能没有政治挂帅，已成为"共识"。许多科学机构和科学团体都在反"右派"运动中，在党的领导下召开揭发和批判"右派"分子的斗争大会。反"右派"斗争取得"胜利"后，又都召开了向党交心的"红专跃进"大会，推动大家向党交心，向"红透专深"的目标迈进。

第二，科技发展要不要为生产服务，要不要结合实际。

在科学研究的两条道路的思想斗争中，也即在这场科学政治化运动过程中，被认为最根本的问题是科学研究工作的方向问题，认为科学研究工作只有有了正确的方向，才说得上跃进。而科学研究的方向问题，主要表现在科学与生产的关系。人们普遍认为，生产实践是科学技术的源泉，而科学技术的发展又反过来推动和促进生产的发展。因此在我国，科学研究工作的目的，是为社会主义建设服务，是为生产实践服务。只有明确这个目的，结合实际，面向生产，科学研究工作才有动力来源，科学才能"大跃进"。在这种思想指导下，科学界强调的"学术水平"，被认为是"只看写出了多少篇论文，阐述了多少高深的理论，而不问这些论文到底能为生产解决多少问题，为社会主义起到多大作用"，这"无疑是反对科学技术为生产服务，反对理论与实践相结合的资产阶级学术观点"。进而在长期以来存在于中国科学技术发展过程中的关于理论科学和应用科学关系的问题上，那些强调理论科学与应用科学分工的学者，被认为是"拒绝为生产部门解决问题""只讲原理不讲应用方法""只宣传科学理论，不推广先进经验"而受到批判。经过整风运动，特别是在工农业生产"大跃进"高潮起来以后，这种所谓脱离生产、脱离实际的路线，更是"失去了市场"。在这场科学政治化运动过程中，科学全面向生产迈进，成为运动的重要内容。

第三，科技发展要不要破除迷信，解放思想。

在科学研究的两条道路的斗争中，还有两种方法的斗争，这就是在克服资产阶级个人主义对科学工作的危害性的同时，还要克服保守思想对科学工作的促退作用，特别是要破除迷信，树立敢想、敢讲、敢干的共产主义精神。这被认为是解放思想的一个重要方面。为什么要破除迷信？因为：

由于帝国主义、封建势力和官僚资本主义对中国人民的压迫和统治，造出了人民的自卑感和迷信思想。这种思想在不同的人身上，有着不同的表现。劳动人民和一些工农老干部，怕所谓有知识的人，怕科学，怕科学家，把科学看得高深莫测，因而见了科学，不敢去碰。

知识分子特别是高级知识分子最迷信外国，他们总认为我们样样不如人，连美国的月亮都比中国圆。

青年人则往往迷信"权威""专家"，认为专家的就不会错，一切都向专家学习，连生活小节都学。糊里糊涂地跟着学，错了也跟着走，躺在老科学家身上。

迷信束缚了人民的思想，又是造成少、慢、差、费的原因之一。

为此，当时不少人认为必须打破迷信，消除自卑，"做一个顶天立地的人"，并坚信：劳动人民对于"任何高深的东西，总是可以学会的""外国人能做的，我们能做；外国人不能做的，我们也能做""青年人要有大无畏的独创精神，要有向先生学习又要胜过先生的气魄，后来居上，学生应该胜过先生"。

这是一场思想跃进的运动，也是一场"兴无灭资"的思想革命运动，而这场思想跃进的革命，是在破个人主义，立社会主义，破保守迷信思想，立共产主义风格中形成的。思想跃进成了科学跃进的前提和基础，也成了科学政治化的思想保证。

第四，科技发展是走专家路线，还是走群众路线。

是走专家路线还是走群众路线，这是在反右派特别是在其后的"大跃进"进程中的又一个核心问题。经过整风运动和反"右派"斗争，带来了生产建设、文化教育、科学技术以及其他一切事业的全面"大跃进"。党的八大二次会议制订了"鼓足干劲、力争上游、多快好省地建设社会主义"的总路线，提出了技术革命和文化革命的"伟大任务"，确立了土法生产和洋法生产同时并举的两条腿走路的方针。从此，全国六亿人民掀起了一个全面"大跃进"的高潮。在工农业生产高潮的推动下，群众性的技术革命运动也以排山倒海之势开展起来。于是，以往强调科学发展的学科性、专业性，被斥之为"迷信外国、盲目崇拜权威""不相信群众，不认识实践对科学技术的重要意义"。在毛泽东"解放思想，破除迷信"的号召下，"人们提出了发扬敢想、敢说、敢做的共产主义风格，打掉了人们的自卑心理，启发了人们的智慧。科学技术工作开始大搞群众运动，贯彻群众路线，许多过去多少年来不敢动手的工作开始了，而且做出了成绩。过去许多老专家认为难以实现的新技术，却被年轻人掌握了。过去许多科学家、工程师们所做不到的事情，工人农民也做到了，工矿农林各业都出现了大量的发明创造"，从而彻底打破了专家路线。走群众路线，成了科学技术领域两条道路斗争的又一试金石，也成了科学政治化运动的又一重要内容。

在这场思想运动和政治运动中，为人正直、忠厚、淳朴的赵忠尧似乎是一个另类，自然也就有些格格不入。无论在政治上、工作上、生活上，赵忠尧都坚持实事求是的原则，从来不说顺应潮流的话。凡是他认为是错误的东西，都明确表示反对；凡是他认为是有利于国家、有利于人民的观点，都敢于坚持到底。正因为如此，赵忠尧自然受到不小的冲击。

实际上，早在20世纪50年代初期的时候，赵忠尧就有一些表达了一个科学家良知的言论，被一些人所不容。当时，正值抗美援朝战争时期，广大群众对美帝国主义怀有强烈的敌对情绪。在一次政治学习的小组会上，有些偏激的年轻人就说资本主义国家发展科学的目的也是杀人。赵忠尧教授不赞成这种说法，当场反问："那难道发明青霉素也是为了杀人吗？"他认为科学家与当权的帝国主义分子是不能混为一谈的。

20世纪50年代中期，苏联、中国、东欧国家共同建立了联合核子研究所。这个研究所的首要任务就是要建设加速器，第一台加速器就建立在苏联。不久，为了扩大联合研究所的研究工作，要建立第二台加速器，仍然建在苏联。赵忠尧毫不客气地表达了自己的不满，他说："我们也是成员国，为什么加速器不能建到中国来？"他不仅口头上表示不满，而且在 1957 年初的时候，还正式向二机部部长提出要求联合研究所将加速器建在中国的建议。这在当时政治挂帅的年代，自然为他招来了麻烦。甚至到了一年后，已经是反"右派"运动的后期，人们还专门为这件事开了一个小规模的批判会，批判这种建议是"不懂政策，不信任苏联老大哥"。赵忠尧以前发言的"老账"也全部被翻出来，什么纯技术观点呀、崇美呀、只专不红啦，等等。赵忠尧只好一言不发，对这些批判也泰然处之。

1958 年，生产"大跃进"的浪潮冲击着每一个角落，促使各方面都往前推进，科学界也努力地往前赶。要为祖国建立一支又红又专的科学工作者大军，是科学界的呼声，号召"科学工作者拿出吃奶的力气来，促使科学"大跃进"。从此，科学工作者都决心做坚定的"左派"，做红色的专家。必须"左"，必须红，这被认为是作为科学工作者以及科学发展的首要条件。这样，中国科学界全面地向政治化迈进。

在这种形势下，赵忠尧却仍然不把自己的工作建立在幻想上，而是力求一点一滴的进步。比如，在 20 世纪 50 年代中期，开始讨论建造我国自己的加速器时，赵忠尧就从我国的经济实力出发，主张先建造一个在科研上有用但能量较低的加速器，以便取得经验以后逐步提高。然而，在那个轰轰烈烈的年代，赵忠尧的建议不被人们重视，甚至被"大跃进"的浪潮所淹没。早在 1956 年，物理研究所就派徐建铭带了一个小组赴苏联考察设计一台 20 亿电子伏的电子加速器，已经开始超出实际能力的范围。不久，又指令徐将能量提高到 40 亿电子伏。到了 1958 年，这台加速器的物理设计完成，本应进入技术设计阶段，但在"大跃进"浪潮的冲击下，又责成他改为设计一台 140 亿电子伏的质子加速器。对这种脱离实际的做法，赵忠尧一直不认同。后来自然是失败了。直到 1961 年徐建铭等完成物理设计回国，已是"三年困难时期"了，这个班子也就散掉了。我国第一次建造高能加速器的计划也就这样不了了之。

这时，赵忠尧提出建议建造串联式静电加速器，用来开展核物理研究。当时在国外，这类加速器也刚刚建成，属于前沿的领域，特别是它规模适中，在经济上、技术上是我国可以办得到的。但是，当时正值"三年困难时期"，一切基建都停止，1964 年起强调三线建设，赵忠尧的建议自然不会被采纳。

1966 年初，赵忠尧再次建议建造串联式静电加速器，他给时任国家科委主任的聂荣臻同志写信，阐述他的看法。聂荣臻同志很赞成，国家科委也决定拨款建造。但是不久，"文化大革命"开始了，这一决定再次被扼杀。到 70 年代我国再次提起这件事时，国外这类加速器已经工作了许多年，我国又失去了赶上人家的机会。

而此时，国外核物理研究发展很快。赵忠尧心里非常着急，他深切感到要开展国内的核物理研究工作，必须对国外的发展情况有所了解，紧跟科学研究前沿。为此，他很注意阅读国外书刊，在调研工作上花了不少时间，以了解学科发展动态。他认为，科学家的天职是进行科学研究，以此来为国家、为民族和人民服务，于是他坚决反对停止工作去搞运动的做法。甚至从20世纪50年代初期的思想改造运动到"文化大革命"，几乎每次运动来临，他都要向上级领导部门提出这个意见。为此，他受到很多非难。但他不怕，仍然一如既往地坚持搞科学研究，不管在什么情况下，一上班，他就进实验室，绝不为各种运动分散自己的学习和研究精力。为此，同事们戏称他"质量很大"，这是一个物理术语，意思是不轻易为外力所推动。然而，到了那场史无前例的"文化大革命"时期，他再也无法躲过。

大字报铺天盖地而来，矛头直指赵忠尧只专不红的"反动学术权威"的观点。对此，赵忠尧很不服气，也不做无原则的检讨。虽然心里已是极为不满，但他仍然坚持着一贯的沉着风格，保持着沉默和镇静。除了参加规定的会议外，他仍然每天坚持看科学文献。

但是，到了1968年，更糟糕的情况发生了，他被莫名其妙地关进了"牛棚"，理由是"特务嫌疑"。特别让赵忠尧伤心的是，这个"嫌疑"竟是他在日本横滨被扣押一事招来的。在"牛棚"里，赵忠尧失去了行动的自由，更失去了搞科学研究的自由，业务书也不允许看。

这种日子对于一个对科学研究孜孜以求的科学家来说，是何等的痛苦！倔强的赵忠尧心里仍然拧着一股劲，颇为抵触。看守人员叫他学《南京政府向何处去？》，他偏翻出一段"最高指示"：科学家是老实人。他对审查者说："我是科学工作者，我追求的是科学，做特务有什么好处？"人家诈他："已经有人交代了。"他愤怒了："那是对我的陷害！"于是，在审查隔离期间，他写了数万字的"检查交代"材料，言辞极其平和真切，不卑不亢，如实陈述自己的历史，不说假话，不连累他人。

审查了九个月，查不出什么名堂，中央又有人来关心这位老科学家，于是只好把赵忠尧从"牛棚"里放了出来，但仍然作为"反动学术权威"，要遵守为专政对象所设的种种规定。直到70年代中期，他才完全恢复了名誉和社会地位。

五六十年代本是一段很好的时光，新中国成立了，人们可以安心地为国家做贡献了。赵忠尧也很想做点事，特别是经过前面几十年的努力，已经具备了为国家做贡献的基础，但政治局势的动荡使科研工作无法正常开展。想起这段时光，赵忠尧常常感到深深的惋惜。他说：

　　五六十年代，我经常考虑，如何从我国的经济实力出发，尽快发展国内的科研、教育事业，如何促进国内新型低能加速器的建立。为此也做了不少调研和努力。在这期间先后曾就建造串列式加速器、中能加速器，建立中心实验室、缩短学制、成立研究生部等许多与我国科学发展有关的问题向各级领导提出建议。可惜由于各种原因，大部分未能及时得到实现。"文化大革命"使我失去了精力、时间，给我的工作与生活带来了无法弥补的巨大损失。

　　……

我想，一个人能做出多少事情，很大程度上是时代决定的。由于我才能微薄，加上条件的限制，工作没有做出多少成绩。唯一可以自慰的是，六十多年来，我一直在为祖国兢兢业业地工作，说老实话，做老实事，没有谋取私利，没有虚度光阴。

由于政治影响，年事已高的赵忠尧从此没有再做过具体的科研工作。好在经过多年的曲折，"四人帮"被粉碎了，特别是十一届三中全会召开后，中国迎来了改革开放的春天。科学界也根据国家的工业基础和经济实力，调整了高能物理科学的发展步伐。经中央批准，投资 1 亿元人民币，在北京建立一台 22 亿电子伏的正负电子对撞机，用以开展高能粒子物理的研究和同步辐射光的应用研究工作。我国的高能物理和核物理的研究工作终于走上了坚实的轨道，赵忠尧为之奋斗一生的事业终于展现出了光明的前途。

二十二　发挥余热，推动高能物理研究的发展

　　赵忠尧教授多年来兢兢业业为发展我国核物理和高能物理研究事业，为培养我国原子能事业和核物理、高能物理的研究人才做出了很大的贡献。几代人为之奋斗的目标——在中国建造高能加速器，到20世纪70年代时，开始提上议事日程。此时，尽管赵忠尧年事已高，但他积极参加有关高能实验基地建设以及有关学术会议的讨论。

　　虽然赵忠尧晚年没有再进行具体的科学研究工作，但是，他时刻关心着国家核物理事业的发展。特别在中国科学院高能物理研究所的建立和研究工作的开展上，他提了不少建议，起了重要的领导作用。

　　1972年，赵忠尧参与中国科学院高能物理研究所的筹建工作。1973年，高能物理研究所成立，赵忠尧任副所长并主管实验物理部的工作一直到1984年。

　　早在1972年，高能物理研究所在原原子能研究所中关村分部的基础上开始筹建的时候，作为原子能研究所副所长的赵忠尧就深知其中的重要性，认为这是一个光荣而艰巨的任务，也

是发展尖端科学的大事。但由于研究高能核物理所需的加速器投资巨大，它的建造需要极高的技术水平和尚待特别试制的工业产品，所以这种加速器的建造需要一个较长的时期。同时，过去高能加速器的筹建曾多次上马下马，也曾为此派遣人员赴苏联实习多时而最后未能开始建造。因此，赵忠尧充分认识到在这次筹建工作中，也一定会遇到不少困难。

为了减少预想不到的困难，也为了及早开展在加速器上进行的基础研究工作，赵忠尧于1972年7月5日给中国科学院领导提出了《对于在转变中关村分部为高能研究基地的同时，应该迅速加强低能核物理组成部分的意见》的重要建议。他在建议中说：

> 我们感到，在这次筹建的初期，应该尽快加强所里低能核物理研究的组成部分。由于低能加速器的周转快，可以较快地产生研究成果，活跃研究空气，也可以及早培养干部，为建立高能设备和进行高能实验做准备。而尤其重要的是，倘高能加速器的筹建计划有较大的修改，我们可以多有回旋余地，使它的建造工作仍得稳步前进。再者我们都知道高能核物理是从低能核物理发展而来的，尤其是高能核物理的好多想法，都从低能核物理研究中直接产生。机械地把两者分割起来，是不利于发展的。例如基本粒子性质的认识，好多萌芽于 β 衰变的研究；介子存在的预言，起源于核力的研究；目前大量基本粒子存在的规律，

1984年10月，邓小平等党和国家领导人与参加北京正负电子对撞机奠基典礼的科学家合影（二排右三为赵忠尧）

也用处理低能核能级的方式来探索；高能中碰撞问题的研究，也用低能中相似的方法。所有这些例子都说明了高低能核物理的有机联系。过去是这样，以后高能核物理的深入发展，也必大部与低能核物理紧密相连。从这方面着想，我们也认为，要把中关村分部转变为很好的高能核物理基地，必须同时迅速加强低能核物理的组成部分。

赵忠尧的这一建议可以说是符合当时实际的，也反映了赵忠尧从实际出发、实事求是的思想。因为一方面，中国当时低能核物理部分的情况还很落后，在当时高能加速器需要进行预先研究的时期，正好利用时机，迅速补上低能方面的缺陷。特别是为发展高能核物理，急需培养一批有研究工作经验的干部，从培养干部来讲，低能核物理工作也最有效。另一方面，从国外的高能研究所发展的经验看，绝大多数都是从低能基地发展起来的，而且在发展过程中，还不断地加强低能的组成部分。特别是在核物理实验中，例如加速器上离子束的处理、探测器的准备、电子学线路的设计，以及电子计算机的广泛应用，这些技术的掌握都必须通过实际工作。与此同时，低能研究设备的投资估计不会超过一般高能设备总投资的5%，人力方面更大可压缩，在开始设计阶段不会超过 20 人，而当时所里低能部分业已具备这样的人力，不会影响其他工作的开展。

总之，在高能基地上，适当地安排一个低能核物理研究的组成部分，从表面上看，似乎在人力物力分配方面对高能会有所影响。实质上从长远来看，不但不会阻碍高能的发展，反而能够大大加快高能的发展。如果我们真想发展高能，必须及早培养干部，训练队伍，这个任务的相当一部分可由低能来负担。否则即使高能加速器建成，倘无强有力的实验班子，工作也不易前进。在苏联杜勃纳的联合原子核研究所曾遇到这样的困难，值得我们注意。

1972 年 8 月，张文裕、朱洪元、谢家麟、赵忠尧等 18 人联名，先后致信国务院总理周恩来、二机部副部长刘西尧和中国科学院院长郭沫若。信中提到"高能物理工作十几年以来五起五落，方针一直未定"的状况，再次强调发展高能物理的重要性，并指出发展高能物理不能仅依靠宇宙射线，而必须建造高能加速器。此外，信中还提出，考虑到当前中国高能物理技术力量薄弱且经济力量有限，因而不主张马上建造高能加速器，但必须抓紧时间进行有关高能加速器的预先研究。9 月 11 日，周恩来总理在复信中指示："这件事不能再延迟了。科学院必须把基础科学和理论研究抓起来，同时又要把理论研究与科学实验结合起来。高能物理及高能加速器预制研究应该成为科学院要抓的主要项目之一。"中国科学院和二机部向总理办公室提交了报告，要建立高能物理研究基地。从此，赵忠尧全面参与了高能物理研究的领导工作。

1973年初，中国科学院高能物理研究所成立，赵忠尧被任命为副所长。

1973年3月，高能物理和高能加速器预制研究工作会议在香山召开，在这次会议上，赵忠尧作了《建立高能物理研究基地的一个设想的路子》的讲话。他说，建立高能物理研究基地和近期进行高能加速器的预制并担负科研与培训干部的目标及近期任务非常明确，关键是要找到一条切实可行的路子。他说：

> 我们如何选择一条具体的路子？我们目前没有合适的加速器，除了理论工作和宇宙射线的研究外，无论是科研和培干的工作，都受到限制。而要制造高能加速器，我们的经验很少，工业水准亦不高，学科上看，哪种加速器最有前途，也不易确定。为了克服这些困难，我想提出几条遵循的原则来选择我们的路子。一要远近结合。在考虑远期的建造高能加速器的准备工作时，我们不可忽略近期的科研和培干工作所需的物质条件。在考虑近期工作时必须密切结合远期的目标。二要难易分清，循序渐进。容易的应该先做，取得经验逐步提高，否则难的一时不能做，容易的又被忽视，以致停滞不前。三要快省兼顾。科学研究"快"很重要，如果前进太慢，即使指标很高，达到时也会落后。我们的生产力不强，"省"自然很需

要，所以我们应该在快省条件下，尽量要求"好"。

在此，赵忠尧为新阶段高能物理研究提出了重要的原则和思路。正是根据这样的原则和思路，赵忠尧等所领导讨论制订了建立高能研究基地工作分两个阶段进行的计划：第一，高能加速器的预制阶段，这一阶段大致在 1973—1978 年，或者是1973—1980 年；第二，第一台高能加速器的建造阶段，大致考虑在1979 年或1981 年开始。

赵忠尧认为，高能加速器预制阶段的工作，可以包括两个部分：一是进行高能加速器所需的部件和模型试验，以及新技术的研究；二是迅速建造一台中能加速器，借以掌握业已成熟的建造大型加速器的技术，并为高能所的科研和培干工作提供条件。这两部分工作不能截然分开，一部分主要为远期着想，另一部分着眼于近期，而又互相结合。迅速完成中能加速器，先易后难，既可以取得建立高能加速器所需的经验，又可为科研和培干提供条件，时间既可提前，投资也不太大，可算合乎快省的要求。在第二阶段建造正式的高能加速器时，既已掌握主要的基本技术和一定的新技术，又有建造大型加速器的经验，学科方面也可能有自己的看法，自然可以有较高的指标和自己的特色。

赵忠尧还系统地追踪了当时世界加速器发展特别是中能加速器发展的动态，并提出了中国发展中能加速器的意见。他认为，根据当时的世界科技发展态势以及中国的实际，作为第一阶段要造的中能加速器，可以在下列两种类型中选择一种：

一是500兆伏左右的中能加速器。赵忠尧指出，这种加速器为正在日本建造的高能加速器所采用。它应用同步和强聚焦原理，不但技术上密切结合以后要建造的高能加速器，而且直接可以用作高能加速器的增强器，经费约需200万美元，比较便宜，技术上也无根本的困难，所以合乎快省的要求。唯一缺点是束流不强，要达到10微安，也可能不容易。但即使这样，也可用做中能的核物理实验，并为开展实验技术的工作提供条件。

二是500—660兆伏的环形等时性加速器。这是正在瑞士建造的介子工厂的类型。通过这种加速器的建造，也可在一定程度上掌握建造高能加速器的技术，流强可达100微安，可以为中能核物理研究和应用提供优越的条件。唯一的缺点是需要较大的投资，约需1000万美元，但比强流质子直线加速器还是省很多。不过，赵忠尧指出，由于这种加速器的投资较大，应该考虑应用超导磁体等新技术，这可能会延缓这种加速器的建造。但这种加速器需用一个70兆伏的等时性回旋加速器作为注入器，而在国外市场可以购到这种注入器。如果认为从国外购入是合适的话，则这种注入器可以很快地为高能所的科研提供条件，以弥补整个加速器制造稍慢的缺点。

以上这一切都体现了赵忠尧作为一位科学家理性务实的科学态度。但是，1974年，全国开展了"批林批孔"运动，"四人帮"借此攻击周恩来总理。在周恩来关心下所开展的高能加速器预制研究计划也就此搁浅。

粉碎"四人帮"以后，拨乱反正，百废俱兴，科学事业又获得一个蓬勃发展的机会。1977年召开了全国自然科学规划会议之后，人们的头脑又热了起来，对"四人帮"十年的倒行逆施给国民经济带来的严重破坏估计不足，制定了一些脱离我国经济实力的发展计划。对于这些"宏伟"的计划，务实的赵忠尧虽然十分兴奋，但总觉得有些不切实际的地方。后来，国民经济的调整，证实了赵老的担心是有道理的。

好在经过这样几上几下的周折，人们终于变得聪明起来，开始根据我国的工业基础和经济实力，调整高能物理科学的发展步伐。特别是随着改革开放，我国经济发展逐步进入快速发展的轨道，我国的高能物理和核物理的研究工作也终于走上了坚实的轨道。赵忠尧为之奋斗一生的事业终于展现出了光明的前途。

1981年1月，国家计委对玉泉路高能加速器预制工程提出调整方案。5月，中国科学院高能所在征求国内外专家意见的基础上，提出了建造2×22亿电子伏正负电子对撞机的方案，在由国家科委和中国科学院召开的专家论证会上得到原则通过。1982年，高能所完成预制研究方案的初步设计，试制关键部件样机。1983年4月，国务院批准了国家计委科〔1983〕521号《关于审批2×22亿电子伏正负电子对撞机建设计划的请示报告》，工程正式立项。1983年12月，中央书记处第103次会议决定北京正负电子对撞机列入国家重点工程建设项目，并决定由中国科学院、国家计委、国家经委、北京市组成工程领导小组，谷羽任组长，在中国科学院设对撞机工程领导小组办公室。1986年，中国科学院院长周光召接任工程领导小组组长。1983年，开始进行重点非标部件的预制研究。1984年6月，中国科学院受国家计委委托，召开专家会议，审查通过了"北京正负电子对撞机工程扩初设计"。1984年9月，国务院批准了国家计委科〔1984〕1899号《关于审批北京正负电子对撞机（即8312工程）建设任务和规模的报告》，明确了"一机二用"的方针，增加了同步辐射实验区的建设，批准总投资为2.4亿元（含引进用汇2500万美元），总建筑面积为54700平方米。1984年10月7日，对撞机建设工程在玉泉路高能所内破土动工，在党中央和邓小平同志的亲切关怀下，国家投资2.4亿元的北京正负电子对撞机工程于1988年10月首次实现正负电子对撞。该工程主要包括对撞机（BEPC）、北京谱仪（BES）和同步辐射装置（BSRF）。这个目前世界上唯一在τ轻子和粲粒子产生阈附近研究τ-粲物理的大型正负电子对撞实验装置，也是该能区迄今为止亮度最高的对撞机，BES是该能区内性能最好的谱仪。中国科学院高能所已成为世界八大高能物理实验研究中心之一。

1989年4月，北京谱仪在对撞点安装就位。1989年7月5日，北京正负电子对撞机和北京谱仪通过技术鉴定，赵忠尧作为鉴定专家之一，在鉴定书上郑重地签下了自己的名字。当年下半年对撞机运行在J/ψ粒子能区，进行对撞机、谱仪等机器性能的研究和标定，并为同步辐射实验装置提供机时，用于光束线调光。1990年，成立了北京正负电子对撞机国家实验室。

1989 年 9 月 15 日，赵忠尧在北京正负电子对撞机、北京谱
仪鉴定书上签字

1999 年 2 月 7 日，北京正负电子对撞机加速器、北京谱仪、北京同步辐射装置通过改进验收。2000 年 7 月，国家科教领导小组原则批准了中国科学院关于我国高能物理和先进加速器发展目标的报告，"同意在北京正负电子对撞机取得成功的基础上，投入 4 亿元对该装置进行重大改造"。

2003 年底，国家批准了总经费 6.4 亿元的北京正负电子对撞机重大改造工程（BEPCII）。2005 年 7 月 4 日，BEPC 储存环结束了 17 年的运行，圆满完成了历史使命。通过 BEPCII 工程建设，加速器的亮度提高了 100 倍左右，并大幅度提高了探测器性能，中国继续拥有世界上在该能区性能最好的高能物理实验装置，为在今后相当长的时期内中国能继续保持 τ – 粲物理研究的国际领先地位，取得重大原始创新性物理成果奠定了基础。

2006 年 11 月 18 日，北京正负电子对撞机重大改造工程（BEPCII）储存环成功实现束流积累，储存环和直线加速器工作稳定，各个系统工作正常，束流性能良好，这意味着 BEPCII 第二阶段建设任务基本达到目标，是工程建设的重大里程碑。

赵忠尧先生长期为之奋斗的中国高能核物理事业取得了重大成果，这无疑值得中国人欣慰，也值得赵忠尧欣慰。丁肇中后来曾动情地说："要不是赵教授在 20 世纪 30 年代对正负电子湮没发现做出的巨大贡献，我们就不可能有正负电子对撞机，也就没有今天的物理研究。"

二十三　亲情与友情

　　赵忠尧先生在事业上是一位了不起的科学家，在生活中则不仅是一位善解人意的丈夫、严格的父亲，同时也是一位富有情趣、和蔼可亲、爱好广泛的老人，一位关心青年和晚辈的长者。

　　20世纪50年代以来，人们在中关村经常可以看到赵忠尧夫人郑毓英女士的身影。她是这里的家属委员会委员，不仅要安排好自己的家，还要关心居民的生活。她身体不好，患有高血压等疾病，却不辞辛苦地操劳。当年，赵忠尧远在美国，只发部分工资，郑毓英甚至不得不为别人绣花以补贴家用。生活的困难还是次要的，妻子望夫归，子女盼父回，这种骨肉亲情的思念之苦才是最难忍受的煎熬，但她带着儿女们挺过来了，赵忠尧的功绩中少不了她的贡献。赵忠尧也是经常对妻子充满感激之情。

　　赵忠尧对子女影响很大。他非常重视学习，在那批判科学家的特殊年代，看刊物《物理评论》也成了他的一条罪状。但即使如此，赵忠尧仍然矢志不渝地坚持学习。受到父亲的影响，女儿赵维勤也从事了原子核理论的工作，并当上了中国科学院高能物理研究所研究员。

作为一名科学家，赵忠尧在实验室里养成了喜欢动手的习惯，回到家里，也是身体力行，自己动手，为子女们做出了很好的榜样。比如，自行车坏了，收音机不响了，他都不肯送出去修理，总是兴致勃勃地自己动手来修。他在儿子赵维仁上初中时，就要求他学习拍摄照片、拆装收音机等。儿子也没有辜负父亲的期望，在清华大学自控系毕业后，从事了计算机的工作，当上了高级工程师，后来还当过中国科学院高能物理研究所副所长。

赵忠尧对子女要求很严。由于工作需要，家里装了电话，但他严格限制子女使用电话。他对孩子们说："你们要是谈私事最好别用我的电话。"有时孩子不理会，用了这个电话，他就会问："什么事情？是不是非打不可的？"或者催促他们："讲简单些，这电话是公事用的。"中国工程院院士、中国科学院高能物理研究所原所长、物理学家叶铭汉说："赵先生很多事情公私非常分明，公家的东西绝不用在私人上面。那时电话很少，就少数人家公家给装了电话，赵先生家也有电话。赵先生就对子女讲，你们不要用这个电话来乱打电话，这是公家的电话，应该公用的，不能私人用途。"

赵忠尧做事非常严谨。在家里，他爱拍照片，但是孩子们受不了他在拍摄技术上的苛刻，并不喜欢跟他出去拍照。他拍起照片来，对光线、距离以及取景都要求达到最佳参数，不惜长时间地调了又调，使孩子们受不了。结果拍出来的照片，技术上是无可挑剔的，但是表情不行。孩子们埋怨他不会抢镜头，他却讲孩子不上镜。其实，他的小女儿赵维勤在 20 世纪 50 年代还在电影《祖国的花朵》中扮演过小女主角呢。

赵忠尧喜欢种花，不要求花特别名贵，而以眼看它一天天长大、开花为满足。"文化大革命"期间，有个造反派头头看到他在自己屋前种花，竟然怀疑他"种花是假，在埋什么东西是真"。

赵忠尧生活上勤勉简朴，从不抽烟、喝酒、暴饮暴食，也不吃零食。在浙江诸暨中学的校史馆里，至今还收藏着赵忠尧先生生前一直在用的一部打字机，据说是 18 世纪德国最老式的打字机，2002 年诸暨中学建校九十周年校庆的时候，赵忠尧先生的亲属把它捐赠给了诸暨中学校史馆。这不禁让人们感慨：这么大的科学家，怎么还用这么一台很破旧的、很老式的打字机！

其实，真正了解、认识赵忠尧的人，都为他那种艰苦朴素、淡泊名利、严谨治学、锐意进取的优秀品格所深深折服。中国科学院原翻译、赵忠尧的大女儿赵维志曾说："父亲回国以后就一直穿咔叽服，还有一套呢子的中山装和一套比较挺的西装。等到要接待外宾了，要参加国宴了，他就穿西装去；一般的活动，他就穿中山装。其他时间不穿的。皮鞋也不爱穿，他穿布鞋，非常俭朴。"

1964 年开始，赵忠尧当选为第三、四、五、六届全国人大常委会委员。生活条件好了，待遇变了，但这位科学老人那种朴素的情感没有变。赵维志说："我爸当人大常委会委员的时候，可以叫车，他一般都不叫，除非是有活动，要把他接去这没办法，一般还是骑自行车。骑骑骑，后来一直不肯把自行车交出来。一直到70岁的时候，我和弟弟妹妹商量，我们无论如何要爸爸缴械了，怕爸爸骑车摔跟斗啊，才把他的自行车缴械了。"

赵忠尧的家乡名人辈出，赵忠尧也是为家乡山川增色、让历史生辉的人物。赵忠尧家乡的男儿性格刚烈，人们戏称"诸暨脾气"，可是赵忠尧却是一位和蔼可亲的人，无论是同事还是邻居，都和他相处很好。他的楼上住着著名的生物学家童第周，他们互相视为至交，甚至生活中的私事，赵忠尧也要请童第周提些意见。加之童第周的夫人和赵忠尧的夫人是小学同学，两家的关系便更近了一层。

赵忠尧幼年体弱，不爱运动，但50岁以后开始重视锻炼，经常和家人孩子们一起爬山、游泳，到昆明湖划船。那时，中关村为了丰富科研人员的生活，增强体质，冬季在动物所附近造了一个滑冰场，文质彬彬的赵忠尧竟发起了少年狂，也去一展身手。童第周先生一见，连忙劝他："年纪不小了，搞些和缓一点的运动吧，要是跌一跤可不得了！"赵忠尧虚心纳谏，恋恋不舍地告别了冰场。后来很长时间里，当年的孩子都还记得赵忠尧先生滑冰的勃勃英姿，可见这事当时在中关村的影响。不过，赵忠尧70多岁还骑自行车、爬山、滑冰、游泳。有时初次见面的人，怎么也想不到，这位只有几许白发、谦逊和蔼的老人已经近80高龄了。

赵忠尧教授一直喜欢夜间读书，平时很少在十一点之前休

　　1992 年 5 月 31 日，参加中国当代物理学家联谊座谈会时的赵忠尧（前排左一）

息。即使在晚年，他也坚持阅读国内外有关的文献材料，一直没有中断。所里的或其他地方的学术会议，他也是尽可能去参加。因此，他对高能物理和核物理科学的发展动向一直是了解的。他在研究所或其他场合的学科发展讨论中，常常发表非常中肯的意见。

如果说，这位两袖清风的科学老人一辈子也有所求、有所梦的话，那就是对科学与知识的毕生追求，他为此兢兢业业，呕心沥血。即使1950年被关押在日本监狱时，他都没有放弃过学习。赵维志说："他就跟关在同一个牢房里的一个日本小偷学日语，结果他就在那个时候把日文拿下了，所以他后来英文、德文、日文都通，最后俄文也学了一部分。"

80多岁高龄的赵忠尧先生仍然将一颗心系在科学研究上，为此还专门召开家庭会议，征求儿女们的意见。赵维志说："他说我这到底是搞高能加速器，还是搞点理论物理，还是到实验室再去动手呢。我们说你到实验室再去动手不行了，你手要抖了，因为实验物理做实验，手抖是不行的。他说那我可以指导年轻人。他总归还要干。"中国科学院高能物理研究所原所长、物理学家郑志鹏说："到80多岁了，他还这么关心科学，还在第一线上做。我那时候正在实验室筹备正负电子对撞机，和叶铭汉先生一起建的，他还经常到我们实验室来。那时候他住在中关村，坐班车来，和我们一起调试实验，了解情况。"

赵忠尧极为关心年轻人，热心为青年科技工作者审稿，不论谁来请教什么问题，他总是不厌其烦地讲解，直到对方弄懂为止。他非常重视培养和爱护年轻的科技工作者。早在 20 世纪 50 年代还住在中关村时，凡在周末和节假日，赵忠尧就邀请组里的年轻同志到家里聚一聚。谦和热情好客的妻子就准备一些瓜果和小点心，让大家放松一下。师生融洽，一起切磋学术上的问题，有时也做一些消遣性的游戏：解九连环、打桥牌等。直至 80 岁时，赵忠尧还召集几个孩子一起，说要同年轻人一起讨论一下他的研究重点，内容甚至有高能加速器等。孩子们都大为惊讶，十分钦佩。

赵忠尧 90 多岁时，手脚还灵活，耳朵也还挺好，只是视力已经大不如前了。为了看书，他只好多角度转动台灯，连放大镜都用上了。这对于和书本打了一辈子交道的赵教授来说，真是一件苦恼的事。他仍渴望多看点书的心情和目光，深深地打动着晚辈。

中国科学院高能物理研究所朱永生先生曾深情地回忆起赵老先生为他的书作序的情景，极为感人。

朱永生回忆说，1988 年的盛夏，他写完了《实验物理中的概率和统计》一书，想约请一位既有声望，又对他了解的前辈推介，很自然就想到了自己研究生时期的导师、德高望重的著名核物理学家赵忠尧先生。因为早在 20 世纪 70 年代，朱永生参加了丁肇中教授领导的 Mark-J 国际合作组，在当时世界上能量最高的正负电子对撞机 PETRA 从事有关胶子存在和精确检验量子电动力学等方面的实验研究。处在国际前沿的研究氛围中，深感国内粒子和核物理实验研究与国际先进水平差距很大，其中，国内的实验物理工作者对于概率论和数理统计知识的掌握和在实验工作中的应用，都缺乏足够的重视且跟不上实验研究的需要。于是，他想在这方面努力。此时，1982年，年届八旬的赵忠尧正好不辞辛苦飞越重洋到德国汉堡做科学访问，并参观了丁肇中先生领导的Mark-J实验。赵忠尧听说朱永生打算写一本概率、统计方面的书，当即表示赞许，并特别嘱咐，在国外工作，要注意把代表国际先进水平的方法带回国内进行普及、传播。现在，书稿写成了，于是在一次看望赵忠尧的时候，朱永生提出请他为书作序。

原本以为有那么一段缘分，加上是自己的导师，赵老会很顺畅地应允作序，没想到事情出乎意料。赵老极为谦虚。他沉思有顷，然后字斟句酌地说："近年来自己脱离第一线的研究工作，对你所写的概率和统计方面的知识又不甚了了，作序恐怕起不到多大的作用。"在学生的坚请之下，赵老要求把书稿拿给他看。他说："我不能在对你的书无所了解的情况下作序。"这使朱永生颇感为难，本打算大致给他讲一下书的内容，并为序打好初稿，由他认可签字就行了。没想到，赵忠尧绝不愿马虎从事。可是，此时他是已经八十有六的老人了，不要说看零乱的手稿，即便是看大号字的印刷品，也将十分劳累。可这就是赵老做人的原则，是不能违拗的。学生只得带着忐忑不安、十分内疚的心情，把书稿交给先生看。

大概两个月以后，赵忠尧把学生找去，他叹口气说："眼神和精力都不济，书稿看了一部分，要想看完是不可能的了，多少有些了解，商量一下序的写法吧，不懂的东西我不能写。"于是，他们商定了序的内容，指出正确的实验设计、实验数据的正确测量和数据的正确分析处理，以得到物理结果或规律，是一个成功实验的两个重要方面；自然界中，尤其是核和粒子物理中存在大量随机现象，因此运用随机数学知识研究随机现象是实验工作者的一项基本功。赵忠尧边思考边说："关于随机现象，打靶弹着点分布、掷骰子问题、放射性衰变规律等等，我都是熟悉的。此外，你在 Mark-J 试验组工作过，有这方面的经验。我总算去过那里，跟你谈起过这件事的，这些可以写进序里去。"为了不累着老人，学生还是按照商定的内容打个初稿，要老师修改。

又过了一个月后，赵忠尧从书房拿出三页稿纸交到作者手中。看着这三页稿纸的序，朱永生早已泪眼模糊了：

只扫了一眼，我的心就猛然收缩起来，视线瞬间被泪水模糊了，这三页绵薄的稿纸顿时感觉分外沉重。那是一篇什么样的"序"啊！由于老人执笔时手的颤抖，每一个字都是歪斜、扭曲的，每一道笔画都充满了强迫而不能自制的拐撇和皱折。可以想见，当时正患眼疾的耄耋老人为这薄薄的三页字，耗费了多少精力。我在心里喊道：赵老师，你不必这样做的！可是我十分清楚，惟其如此，才是赵老。

"一滴水可以折射出太阳"，赵忠尧正是这样以其谦虚谨慎、实事求是、严谨踏实、一丝不苟、极端负责的高尚品格，影响着年轻人，使得年轻的科技工作者在科学研究中，在为人处世上，都以他为榜样，兢兢业业，认真负责。

　　晚年的赵忠尧常常在回忆中度过。记忆就像一条河缓缓地从他的身边流过，那些沉淀的往事积聚在心底，在他耄耋之年，成为生活中的一部分。回想往事，那些曾相遇相知的朋友，那些一同走过的岁月，就仿佛一切还在昨天。他在为纪念周培源教授逝世一周年而作的追忆文章中，就说"培源便是我生命中不可缺少的'往事'"。

　　赵忠尧说，他和周培源缘分很深，有"三同"，即同年、同学、同事。他说：

　　　　我和他同是生于世纪之初的 1902 年，在经历了九十年的沧海桑田后，1992 年 6 月，当清华大学为我们 4 个 90 岁的老校友（周培源、顾毓琇、施加炀和我）举行祝酒会时，培源却因身体不适而未能参加。那以后，我与培源在北京医院碰到，他看上去清瘦了很多，但精神很好。……却不想，仅仅 66 天后，培源竟离我们而去，这次的碰面，竟成为了永远最后的一面，扼腕之余，心痛不已。

　　赵忠尧和周培源不仅是同年出生，后来又是同学。1927 年，他们一同进入美国加州理工学院物理系攻读博士学位。赵忠尧回忆说："培源天资聪颖，加之勤奋向上，1928年秋，他即获得学位赶往德国做研究工作。那以后的一段时期，我们聚少离多，因而共同生活过的一年格外值得回忆。"赵忠尧深切地回忆起他和周培源一起在美国当学生时期苦中作乐的情景：

> 一个周末，为了打牙祭，我们买来了新鲜的牛肉，决定美餐一顿。然而，当时我们均单身在外，做学问心力充沛，做菜却是一窍不通，心有余而力不足。我对着牛肉为难，培源却已卷起袖管，嘴里叫着要大干一番了。在他一通煎炒烹煮之后，一盘冒着热气、香喷喷的牛肉上桌了。于是，我们争着举筷，夹肉，送入口中。一尝方知，肉还是生的，使尽平生气力，就是撕咬不开，咀嚼不进。我揶揄地笑他："这牛肉地道，如同嚼橡皮。"培源却大不以为然："一回生，二回熟，下次定叫你说不出话来。"至今想起此事，仍不禁想笑，却又有不尽的凄凉。培源，你注定是要欠下我这顿牛肉了。

1930年，当赵忠尧也赴德国进行研究工作时，周培源已回到清华大学任教了。1931年秋，赵忠尧也来到清华大学物理系任教，便开始了和周培源同事十余年的执教生涯。赵忠尧非常钦佩周培源的成就。他说："由于清华大学注重基础理论与实践研究并举方针，培源所从事的理论物理研究方面得到很大的发展，并于此间培养出了大批极有成就的英才。如王竹溪、张宗燧、彭桓武、林家翘等均出自培源麾下。特别值得一提的是诺贝尔物理学奖获得者杨振宁也曾获益于培源的教授。在这十余年中，培源治学严谨，教书诲人不倦，对学生高标准严要求，而同时又平易近人。傅承义、钱伟长、钱学森都是他家的常客，师生一堂，或研究学业，或谈古论今，一派生机盎然，其乐融融，令人有不尽的回味。"

赵忠尧说，1950 年，他从美国回国后，投入新中国的建设工作，任职于中国科学院近代物理所，于是和周培源教授见面的机会又多起来。赵忠尧非常感激周培源对他的关心。他说："培源生性热情向上，在担任北京大学校长的同时，又兼任很多重要的领导工作。在他繁忙之余，仍总挤出时间与我联系，关心我的工作和生活。" 1985 年，中国科学院为赵忠尧庆祝参加科学工作六十周年，周培源虽因事未能前往，但仍在百忙之中给庆祝会写来贺信，足见他们的情谊之深长。后来，周培源还为《赵忠尧论文选集》的出版写了很好的序言。

许多和赵忠尧交往过的科学家都对赵忠尧先生有深刻的印象。杨振宁曾回忆：

　　我在大学一年级时，赵先生担任普通物理教师，我念了赵老师一年的课。在 1940—1943 年，因为昆明被日本飞机轰炸，很多教授都搬到乡下去，当时我们就住在一个院子里，在那三年里，常常看到赵先生、赵太太，还有他的孩子赵维志、赵维勤。以后我到美国去了，没有见到赵先生，但在报纸、杂志上看到赵先生的消息，尤其是他回国困难的经历。50年代，我在美国也听说过一些。到了80年代，我觉得中国的前一辈的科学家，他们的工作，他们的事迹，没有被大家了解、认可，所以我就希望能够在这方面做一点工作，特别我当时注意到赵先生，所以在80年代我曾经去跟赵先生谈过。以后，我与原来高能所的李炳安先生写了一篇文章，介绍赵先生30年代的工作。通过我们写这篇文章，对于当时所发生的事情才有一点了解。……是他第一次观测到正负电子对的产生和湮灭的过程。

在赵忠尧先生的学生当中，最负盛名的可能就是诺贝尔物理学奖获得者李政道和杨振宁。

李政道教授在赵忠尧百年纪念会上说："凡是从20世纪30年代到20世纪末，在国内成长的物理学家，都是经过赵老师的培养，受过赵老师的教育和启发的，赵老师也是我的物理学的启蒙老师之一。所以从三强先生等祖国老一辈物理学家到铭汉、光亚和我这一代物理学家都称呼他'赵老师'。可见，赵老师是名副其实的桃李满天下。"

杨振宁说："赵先生回国以后先在清华做教授，后来抗战的时候在西南联大做教授，我大一的物理学就是赵先生教的。"

1943 年清华大学举办第六届留美研究生考试，意气风发的杨振宁就是其中参加考试的一个，他是决定读理论物理的，但当时物理系只有一个名额，是高电压实验物理学的。杨振宁回忆说："很显然我是去找了赵先生，所以赵先生给梅贻琦校长写了一封信，推荐说虽然这个学生考取的是实验高电压物理学，可是我同意他也许念理论物理更合适，这个也是对我后来的研究工作很有影响的一件事情。"

虽然我们无意把杨振宁的巨大成就与赵忠尧先生的推荐信直接挂起钩来，但有一点是可以肯定，那就是赵先生的推荐信最后确定了杨振宁的学习和研究方向。

著名物理学家钱伟长先生曾经深情地说："我的老师赵忠尧教授是中国原子能之父，王淦昌、钱三强等都是他的学生……只有这样的爱国老师才能培养出那么多优秀人才。"

赵忠尧先生毕生的精力都用在了科学与教育事业上，为发展我国核物理、高能物理研究事业，为培养这方面的实验研究人才做出了重大的贡献。

中国工程院院士、中国科学院高能物理研究所原所长、物理学家叶铭汉说："两弹一星"（功勋人物）里面，像王淦昌是他学生，彭桓武是的，钱三强是的，邓稼先是（西南）联大时赵先生的学生，直接受过他教育的是四位。

赵忠尧也极为重视这样的情谊，他和许多同事朋友一道走了近一个世纪的人生旅途，他总是和他的亲朋、和国家的科学

1992年，赵忠尧九十寿辰庆祝会上（左起杨振宁、赵忠尧、周光召、李政道等）

事业同在。1982年7月，在北京的一些著名科学家，赵忠尧的老同学、老同事和学生共一百多人欢聚在中国科学院高能物理研究所的学术报告厅，庆祝赵忠尧从事科研、教育工作五十八周年，赵忠尧十分激动，他说："由于我的才能微薄，加上条件的限制，我的工作没有多少成绩。唯一可以自慰的是，六十多年来，我一直为祖国兢兢业业地工作，说老实话，做老实事，没有谋取私利，没有虚度光阴。""现在我已80岁了，还望在科教工作中起一点螺丝钉的作用，希望组织和老朋友们不断给我以鞭策。"

1992年，这是中国充满改革生机的黄金时期，也是一个难忘的中国物理年。这一年，举世瞩目的喜讯频频传出：北京谱仪获得 τ 重轻子质量测量重要物理成果，合肥国家同步辐射装置主要性能指标达到国际同类加速器先进水平，我国准晶研究在合金与结构方面居国际领先地位，北京大学首次研制成掺锡碳60超导体，中国科学院物理所认为砷化镓超导电性与掺铟有关，南京大学获得 MP_5O_{14} 晶体铁弹畴界衍射花样……

这一年，享誉世界的物理学家赵忠尧教授适逢九十寿辰。作为我国核物理研究的先驱，赵忠尧在实验物理、加速器、宇宙射线物理的研究和人才培养方面成绩卓著。为了庆祝赵先生六十多年来为我国科研、教育事业做出的卓越贡献，中国物理学会、中国核学会、原子能研究院、中国科学院高能物理研究所共同筹备，并委托高能所主办了赵忠尧教授九十寿辰庆祝大会。

6月4日上午，风和日丽，阳光明媚，赵老先生和老朋友、老同事、学生、晚辈，以及来自母校、家乡的来宾欢聚一堂。他们中有自海外归来的杨振宁、李政道、吴健雄、任之恭、顾毓琇，有从上海、南京、合肥、长春、兰州、天津等地专程赶来的老朋友。清华大学、北京大学、核工业总公司、原子能科学研究院、中国科技大学研究生院的领导和老教授们，时任诸暨市委书记、人大常委会主任、市长及诸暨中学的校长、书记也特地前来祝贺。难得的是许多年已耄耋的老朋友都亲自赶来，如陈岱孙、顾毓琇、贝时璋、任之恭、余瑞璜、王淦昌、傅承义等，都已年过九十或接近九十，年纪最大的是 92 岁的陈岱孙教授。老朋友相见分外亲切，会场内外一片欢声笑语，洋溢着欢乐的气氛。

9 时整，庆祝会正式开始。首先是幼儿园小朋友向赵老爷爷献花，并祝他健康长寿。会议主席方守贤介绍了会议筹备情况以及收到的贺信贺电。时任中国科学院院长周光召发表讲话，高度赞扬了赵忠尧教授在科学研究、发展我国核科学以及培养人才等方面的贡献，称誉赵忠尧先生为我国核科学的鼻祖。

在庆祝会上，来宾纷纷发言，王淦昌、吴健雄、杨振宁三位着重介绍了赵忠尧当年发现"反常吸收"和"特殊辐射"的实验，指出，虽然当时"反常吸收"（实际上是硬伽马射线在物质中产生正负电子对）效应是几个组同时发现的，但赵忠尧的实验结果最好。还特别指出："特殊辐射"（即正负电子对的湮灭辐射）这个实验很难做，背景很大，而赵忠尧能做得如此好，他的实验技术是很精湛的。赵忠尧这两项工作首先说明了正负电子对的产生和湮灭。余瑞璜、傅承义分别以老同事身份，朱光亚、梅镇岳、姜承烈、郑志鹏、冼鼎昌、张家骅等以学生身份，用生动的往事叙述了赵忠尧的高尚品德和对学生的精心培养。

来宾讲话以后，李政道教授代表大会将北京正负电子对撞机上做出的第一个物理工作成果——τ 质量的测量结果献给赵忠尧，以感谢他对发现正负电子对湮灭的贡献。同时，李政道还作了即席发言，情真意切地表达了自己对赵老师的赤诚与敬爱：

赵老师，我想我第一次看见您是1945年的春天，我刚18岁，我下很大决心，是学理论物理还是学习实验物理。那时，吴大猷先生带我找您，您正在院子里工作，很忙。吴老师问您做什么，您说在这里做肥皂。这时我才知道做一个物理学家，也要学化学，也要学应用化学。过了几天，我遇见赵老师骑自行车，看见我就停下来，跟我讲话。自行车上放了一个大纸盒子，里面放了肥皂。我说赵老师，您这个实验很成功哇！他说对，我正在到各家去推销。我有点惊讶，更加佩服他。原来要做一个伟大的实验物理学家，不但本行要精通，要掌握化学、应用化学，还得自己去批发、推销。我想这对我来说太难了。因此我说实验物理恐怕不适合我了。所以，我决定还是朝理论物理方向发展。赵老师，我特别要感谢您，对我下决心有好处。

赵老师，中国高能物理学家前不久对 τ 粒子的测量，是近两年来在粒子物理方面的最重要的发现。而做这项工作的，是您培养的几代科学人才，而且是用北京正负电子对撞机和北京谱仪做出来的。

庆祝会最后，赵老向大家致辞表示感谢。几代师生和老朋友相聚一堂，大家始终沉浸在亲情和欢笑之中。

1992 年，九十高龄的赵忠尧先生应吴大猷之约还亲赴台湾访问，会见了在台的老朋友吴大猷教授等，他的儿子、中国科学院高能物理研究所副所长赵维仁陪同前往。能在如此高龄越过海峡进行访问，赵忠尧确实非常高兴，也非常愿意与科学界的朋友交流学术，但已心有余而力不足，所以委托赵维仁在台湾中央研究院物理所作了题为《从正负电子对到 τ 轻子》的学术报告。赵维仁在报告中回顾了父亲在 20 世纪二三十年代的工作，介绍了高能物理所的部分工作，受到热烈欢迎，促进了海峡两岸的学术交流。

新的历史时期，赵忠尧尽管年事已高，但因他德高望重，深孚众望，还是出任了中国物理学会名誉理事和中国核学会名誉理事长。

鉴于赵忠尧是我国核物理研究的开拓者，在核物理特别是 γ 射线与物质相互作用等研究方面取得突出成就，为我国教育事业和科技事业的发展做出了重要贡献，何梁何利基金会于 1995 年 10 月 19 日向已届九十三高龄的赵忠尧先生颁发了"何梁何利基金科学与技术进步奖"。

委托声明

何梁·何利基金1995年度物理学进步奖获奖人赵忠尧自愿将所获拾万元港币奖金作为奖学金捐款。现决定将全部款项捐给本人曾从事过教育工作多年的五所高等院校（即清华大学·北京大学·东南大学·中国科技大学·云南大学）作为五校物理系奖励在读的优秀学生的奖学金。

现委托中国科学院数理学部组织筹备以院士为主的理事会和管理基金会主持捐款事宜。

本人曾于1995年10月28日委托数理学部和高能物理研究所处理此事，为了进一步对捐款一事作出系统安排，现请高能物理研究所将拾万元支票转交中国科学院数理学部统一安排。并特声明1995年10月28日所签委托书作废，以此委托书为正式声明。

赵忠尧

1995年11月26日

而为了推进国家教育事业的发展，赵忠尧决定将其所获"何梁何利基金科学与技术进步奖"的奖金全部捐赠设立"赵忠尧奖基金"，以其利息用于奖励清华大学、中国科技大学、东南大学、北京大学和云南大学物理系的优秀学生，激励学生们为祖国繁荣富强而勤奋学习、努力进取。1996年6月6日，首届赵忠尧奖基金管理委员会首次会议还制订了《赵忠尧奖基金管理委员会条例》。2000年6月6日，第二届赵忠尧奖基金管理委员会全体理事将条例修订为《赵忠尧奖基金管理委员会章程》。

二十四　风骨千秋，精神长存

1998 年 5 月 28 日，原定在这一天，美国"发现者"号航天飞机要把中国等国共同研制的阿尔法磁谱仪（AMS）送上太空。AMS 的任务是寻找宇宙中的反物质，人类迄今为止发现的唯一的反物质是正电子，而第一位捕捉到正电子的人正是中国的核物理学家、中国科学院院士赵忠尧。这次发射比预定时间推迟了几天，到 6 月 3 日才正式发射。发射推迟的原因当然是技术上的问题，但人们却更愿意相信，这是上天对人类种种不公平的一次小小的提醒和警示，因为正是在这一天，5 月 28 日，97 岁的中国著名核物理学家赵忠尧因病逝世。

赵忠尧的遗体告别仪式极其简朴，只有科学界的学生、同事和敬仰者参加。

但是，世界物理学界的巨子对他的逝世却感到异常震惊和悲痛。杰出的物理学家、诺贝尔奖得主李政道和杨振宁从大洋彼岸发来情真意切的唁电。

李政道在唁电中说，赵老师发现正电子的工作，与安德逊的实验同样具有划时代的重要性。他的逝世是全世界科学界的极大损失！

杨振宁的唁电称，赵老师所做的关于正负电子对产生及湮灭的工作是世界一流的，他的诚朴的处世态度是我们的榜样！

人们评价，在中国物理学史上，他是一座丰碑！在世界物理学史上，他也是一颗明星！

为了纪念赵忠尧先生的功绩，2000 年 9 月 20 日，"两弹功勋"赵忠尧纪念馆在中国科技大学正式开馆。全国人大常委会副委员长周光召，诺贝尔奖获得者、著名华裔物理学家杨振宁，香港求是科技基金会董事长查济民为纪念馆开馆揭幕。中国科学技术大学为赵忠尧先生特辟纪念馆，旨在纪念他为新中国科技事业和中国科学技术大学的发展所做出的重要贡献，以他忠于科学、坚持真理的先哲风范激励后来学子。

2002 年 6 月 27 日是赵忠尧先生一百周年诞辰纪念日，6 月 4 日，赵忠尧先生生前工作过的中国物理学会、中国科学院高能物理研究所、中国原子能科学研究院、中国科学技术大学在高能所报告厅联合举行了隆重的纪念活动，共同缅怀赵忠尧先生以毕生精力从事科学和教育事业，为发展我国核物理、高能物理研究事业，为培养这方面的实验研究人才做出的重大贡献。

诺贝尔奖获得者李政道先生，中国科学院原副秘书长沈保根，何泽慧、杨承宗、章综、梅镇岳、谢家麟、于敏、方守贤等 19 位院士，赵忠尧先生的家属，赵忠尧先生的同事、生前友好、学生，以及四个主办单位的领导、职工 200 余人出席了大会。

纪念大会由高能物理研究所原所长陈和生主持。

李政道先生首先讲话，他深情回忆了赵忠尧先生的生平事迹和学术成就。20世纪30年代，赵忠尧先生在美国进行的实验研究中首先发现：当硬伽马射线通过重元素时，存在着反常吸收，并产生一种特殊辐射。赵忠尧先生的这些工作，是正电子发现的先驱，他的科学功绩已经被越来越多的物理学家认可，核物理学的发展不会忘记他是开拓者。李政道先生说："赵老师本来应该是第一个获诺贝尔物理学奖的中国人，只是由于当时别人的错误把赵老师的光荣埋没了。……我们缅怀赵老师为近代物理学中量子力学的发展、为新中国科技教育事业所做的卓越贡献，以及他一生为人正直、忠于科学、潜心研究，朴素无华、实实在在的科学精神。"

沈保根代表中国科学院领导讲了话。他强调指出：从新世纪开始，中国已经进入了加快推进社会主义现代化的新的发展阶段，党和政府把科学技术放在优先发展的战略地位。发展我国的科学技术，缩短同发达国家的差距，努力接近和赶上世界先进水平是时代交付给科技工作者的历史使命。赵忠尧先生赤诚爱国、实事求是、严谨治学、刻苦钻研的精神在当今更显珍贵，更值得我们学习。

会上，四个主办单位的代表还分别作了专题报告。

叶铭汉院士代表高能物理研究所详细回顾了赵忠尧先生以毕生精力从事科学和教育事业，为发展我国核物理和高能物理研究事业，为培养我国原子能事业、核物理和高能物理的实验研究人才做出的重大贡献，以及赵忠尧先生赤诚爱国、正直刚毅、艰苦朴素，一贯坚持实事求是、刻苦钻研的科学精神。

杨国桢院士代表物理学会作了题为《赵忠尧先生对正负电子对产生和湮灭现象发现的巨大贡献》的报告，介绍了赵忠尧先生在20世纪30年代进行的、得到国际物理学界高度评价的实验，号召青年科技工作者学习赵忠尧先生对科学热爱和执着的精神，为祖国科学事业的发展奋斗终身。

韩荣典教授以《赵忠尧先生与中国科技大学》为题，追忆了赵忠尧先生在教育事业上的贡献以及在中国科学技术大学的发展中所做的重大贡献。

中国原子能科学研究院的柳卫平研究员作了《赵忠尧先生与原子能研究院的核物理研究》的报告，综述了赵忠尧先生为开创我国原子核科学事业做出的重要贡献。

隆重的纪念会使与会者受到深刻的教育，不仅为赵忠尧先生的卓越成就所感动，也为他忠于科学、潜心钻研学问的精神所激励。

为了配合这次纪念活动，高能所在网页上制作了"纪念赵忠尧先生诞辰一百周年"特刊，还印发了刊有赵忠尧先生生平以及15张珍贵照片的《赵忠尧先生诞辰一百周年纪念册》。

6月23日上午，中国科学技术大学又隆重举行赵忠尧先生一百周年诞辰纪念大会。社会各界及学校200余名师生一起参加了纪念大会。

中国科学技术大学原党委副书记、副校长金大胜在致辞中回顾了赵忠尧先生在理论物理研究方面取得的卓越成就及为发展我国核物理和高能物理事业，培养我国原子能物理、核物理和高能物理的实验研究人才所做出的杰出贡献，并强调指出，赵忠尧先生作为中国科学技术大学的创办者之一，为中科大的近代物理系学科尤其是核物理与加速器物理的建立、发展浸透了心智和汗水。他号召全校师生员工学习赵忠尧先生赤诚爱国、正直刚毅的道德品格，实事求是、刻苦钻研的科学精神，锐意进取、严谨朴实的治学态度，以极大的热忱投身改革，为科教兴国战略实施和中华民族的伟大复兴以及中科大高水平研究型大学建设做出贡献。他深情地说：

> 赵忠尧先生是我国知识分子的优秀代表，他以毕生精力始终战斗在科学和教育事业的第一线。他赤诚爱国，正直刚毅，治学严谨，艰苦朴素，平易近人，深受中国科大师生的爱戴和敬仰……我们隆重纪念和深切怀念赵忠尧先生，就是要宣传和发扬赵忠尧先生的优秀品质和高尚情操，学习赵忠尧先生严谨求实的科学精神和热爱祖国的崇高品质。

叶铭汉院士来电中称赞赵先生"培养了我国几代核物理、粒子物理学家，是'两弹一星'功臣王淦昌、赵九章、彭桓武、钱三强、王大珩、陈芳允、朱光亚、邓稼先的老师。一生兢兢业业致力于科学事业，胸怀坦荡，淡泊名利，崇高人格，为人师表"。

中国科学技术大学原近代物理系主任刘万东深情地赞扬赵忠尧先生是"德高勋炳的科学巨匠"。他说：

纪念赵先生，有太多的缘由。

先生的科学建树，值得人们纪念。20 年代，世界上第一个正电子存在、正反物质湮没实验，正是先生所完成的。

先生的德高勋炳，值得人们敬仰。30 年代，先生即尽职于中国物理学教育的启蒙，许多当代中国著名的物理学家、中国国防事业的元勋，都受惠于先生，真正的桃李天下。

先生的爱国热忱，值得人们赞叹。50 年代，先生不顾安危，冲破重重险阻，携带核科学器材资料，毅然回国，开创了新中国的核物理科学，建立加速器、进行核反应实验，迅速将新中国的核物理研究提升到世界水平。

我们在这里纪念赵忠尧先生，更有着特别的意义，1958 年，中国科技大学成立，先生作为创办者之一，参与了整体学科规划和建设。他根据中国核科学人才的需要，创办了中国科技大学第一系——原子核物理和原子核工程系，这就是我们的近代物理系。先生亲任首届系主任，一任 20 年。近代物理系的学科，尤其是核物理与加速器物理的建立、发展，浸透了先生的心智。

赵忠尧先生的女儿、北京高能物理研究所研究员赵维勤，以校友、子女的双重身份回母校参加父亲诞生一百周年的纪念会，心情异常激动。她说，作为老人家的子女，衷心地感谢母校组织的这次纪念活动，感谢母校为父亲建立的纪念馆，感谢许多老师、同学和纪念馆的工作人员为此付出的辛勤劳动。这是对老一辈科学家一生奋斗的肯定和纪念，是对晚辈和青年一代的勉励和鞭策。她在讲话中深情地说：

> 父亲为祖国科学事业而奋斗的一生是坎坷的，甚至是传奇性的。他的信念始终执着而纯真，带着几分天真。在他 90 岁高龄时，写了一篇不长的自传文章，题目是《我的回忆》。每当我重读他写的回忆，都禁不住心潮起伏。他的回忆，就像他本人一样朴实无华。他的品格，他的爱国之心，他的音容将永远铭刻在我们心中。

赵忠尧先生家乡诸暨中学党支部书记汤恭煜、赵忠尧先生奖学金获奖学生代表龚菲分别在纪念大会上致辞。中科大杨保忠、韩荣典、叶邦角教授分别作了题为《记赵忠尧先生的学术成就与学风》《赵忠尧先生与中国科技大学》《赵忠尧先生与中国的核物理事业》的纪念报告。纪念大会结束后，全体与会师生与来宾一起参观了赵忠尧纪念馆。

赵忠尧先生以毕生精力从事科学和教育事业，为发展我国核物理和高能物理研究事业，为培养我国原子能事业、核物理和高能物理的实验研究人才做出了重大贡献，是我国原子核物理、中子物理、加速器和宇宙射线研究的先驱者和奠基人之一。2002年10月19日，赵忠尧先生铜像在诸暨市落成。时任诸暨市市长陈长兴在赵忠尧先生铜像揭幕仪式上发表讲话说："'陶山苍苍，浣水泱泱'，诸暨这片神奇的土地，自古以来水土肥美，文化昌盛，勤劳智慧的诸暨人民，养育了一代又一代暨阳儿女；诸暨中学办学历史悠久，教风严谨，学风优良，培养了一批又一批出色人才。赵忠尧先生是其中最杰出的代表。赵忠尧先生爱国爱家，勤奋执着，治学严谨，为人类科学事业做出了卓越贡献；赵忠尧先生诚朴正直，生活俭朴，待人随和，堪称楷模。他是诸暨人民的骄傲，是诸暨中学的骄傲！"

2002年10月16日，中国科学技术大学做出决定，由于"赵忠尧先生是我国著名的物理学家，是我国核物理、加速器、宇宙射线研究的先驱者和奠基人之一。他发现硬伽马射线的反常吸收以及伴随出现的'特殊辐射'，最早观察到正负电子对产生和湮没的现象，对正电子的发现和物理学家接受量子电动力学理论起了重要作用。赵忠尧先生组织建立了我校近代物理系，曾任我校教授、近代物理系主任。赵忠尧先生一直关心和支持学校的建设与发展，为学校学科发展及教师队伍建设做出了十分重要的贡献"，"鉴于他在科教界享有的崇高声誉以及为我校建设和发展做出的杰出贡献，学校经研究决定，在我校'大师讲席'中设立'赵忠尧讲席'"。

在这部传记即将结束之际，我还是要再一次提及赵忠尧自己的回忆——那种高尚的人格吐露以及为人处世的真实写照："回想自己一生，经历过许多坎坷，唯一希望的就是祖国繁荣昌盛，科学发达。我们已经尽了自己的力量，但祖国尚未摆脱贫穷与落后，尚需当今与后世无私的有为青年再接再厉，继续努力。""我对自己走过的道路重新进行了回顾与思考，唯一可以自慰的是，六十多年来，我一直在为祖国兢兢业业地工作，说老实话，做老实事，没有谋取私利，没有虚度光阴。'他曾多次说，科学研究不是为了个人荣誉，不是为了私利，而是为人类谋幸福。

可以说，正因为赵忠尧"不为个人荣誉和私利"，而是"为人类谋幸福"而从事科学研究，所以当错失诺贝尔奖时，他不抱怨，不呼"冤"，不泄气，始终如一地钟情于科学事业。正因为他热爱祖国，坚定不移为"祖国兢兢业业地工作"，所以，当新中国诞生后，他能冒着巨大风险，历尽艰辛，把在国外设计、制造、购买的静电加速器设备器件、技术资料带回祖国。也正因为他坚定地"为人民谋幸福"，一生"为祖国兢兢业业地工作"，因而，在开拓我国核物理研究、开创我国核科学事业、培养科技人才、关心祖国科技发展的事业中，他始终孜孜不倦，默默无闻，努力奋斗，艰苦工作，从不计较名誉地位，从不居功表功，甚至在受到不应有的屈辱、不公和冷落时，他心怀坦荡，安之若素，从不抱怨叫屈。

热爱祖国，热爱人民，热爱科学，热爱教育，兢兢业业，无私奉献，正是赵忠尧先生的品德和一生的信条。今天，我们不仅要缅怀赵先生为我国核物理科学的发展、为新中国科技教育事业所做出的卓越贡献，我们更要学习他一生为人正直、忠于科学、潜心研究、朴素无华、实实在在的科学家精神。

赵忠尧大事年表

1902年（光绪二十八年） 1岁

6月27日，出生于浙江省诸暨县城关镇赵家弄堂（现西施大街东端）。

1916年（民国五年） 15岁

进入诸暨县立中学读书。

1920年（民国九年） 19岁

秋，中学毕业，考入南京高等师范学校数理化部。

1924年（民国十三年） 23岁

春，提前半年修完南京高等师范学校的学分，开始担任东南大学物理系助教。

1925年（民国十四年） 24岁

补足高等师范与大学本科的学分差额，取得东南大学毕业生资格，获理学学士学位。

夏，随同东南大学物理系教授叶企孙转往北京清华学校（1928年更名为清华大学）任教。

1927 年（民国十六年）　26 岁

夏，赴美国加州理工学院留学，师从诺贝尔奖获得者、加州理工学院密立根（R.A.Millikan）教授，攻读博士学位。

1929 年（民国十八年）　28 岁

年底，完成第一个重要实验，最先观察到伽马射线通过重物质时除康普顿散射和光电效应外的"反常吸收"，论文《硬伽马射线的吸收系数》于 1930 年 5 月发表在《美国国家科学院院报》上。

1930 年（民国十九年）　29 岁

春，完成了又一个重要实验，首先发现了特殊辐射，论文《硬伽马射线的散射》发表在 1930 年 10 月的美国《物理评论》上。

1931 年（民国二十年）　30 岁

获美国加州理工学院研究生院哲学博士学位。

到德国哈勒大学物理研究所从事研究工作。

1931—1937 年（民国二十至二十六年）　30—36 岁

回国后任清华大学物理系教授，在我国首次开设核物理课程，并主持建立我国第一个核物理实验室。

1933 年（民国二十二年）　32 岁

与龚祖同等合作在英国《自然》杂志上发表《硬伽马射线与原子核的相互作用》《Ag、Rh、Br 核的中子共振能级的间距》等重要论文。

1937—1938 年（民国二十六至二十七年）　36—37 岁

任云南大学教授。

1938—1945 年（民国二十七至三十四年）　37—44 岁

任西南联合大学教授。

1945—1946 年（民国三十四至三十五年）　44—45 岁

应中央大学吴有训校长之邀，到暂迁重庆的中央大学担任物理系主任。

1946 年（民国三十五年）　45 岁

赴美国参观美国在太平洋比基尼岛上的原子弹爆炸实验。

1946—1950 年　45—49 岁

先后在麻省理工学院静电加速器实验室、华盛顿卡内基地磁研究所、加州理工学院核反应实验室从事研究。

1948 年（民国三十七年）　47 岁

选聘为中央研究院院士。

1949 年　48 岁

在静电加速器上进行核反应实验，完成了 3 篇重要论文：《氘轰击铍所产生的高能 γ 射线》《质子轰击氟所产生的低能 α 粒子》和《质子轰击氟所产生的 α 粒子和 γ 射线的角分布》，都发表在《物理评论》上。

1950 年　49 岁

11 月 15 日，冲破重重封锁，取道香港回到祖国。

1951 年　50 岁

到了北京后，就被留在了中国科学院，参与中国科学院近代物理研究所的创建，主持建立了核物理研究室，并任第一组（实验核物理组）组长。

1953年　52岁

年底，中国科学院近代物理研究所扩大为物理研究所，任副所长。

1954年　53岁

担任第一届全国人民代表大会代表，后多次被选为全国人民代表大会代表。

1955年　54岁

被选聘为中国科学院数理化学部委员（院士）。

3月，参加中国政府代表团赴苏联谈判。

利用回国时带回的当时国内尚无条件制备的静电加速器部件和实验设备，建成了我国最早的70万伏高气压型质子静电加速器，并进行了原子核反应的研究。

1956年　55岁

9月，任中国科学院物理研究所副所长。

1958—1973年　57—72岁

任原子能研究所副所长，并具体领导和参加了核反应的研究。

1958年　57岁

主持建成了200万伏高气压型质子静电加速器。

负责筹建中国科学技术大学原子核物理和原子核工程系（后改名为近代物理系）并担任系主任，主持建立起中国科学技术大学第一个专业实验室，开设了谱仪、气泡室、穆斯堡尔效应、核反应等较先进的实验，并亲自讲授原子核反应专业课。

1964年起，当选为第三、四、五、六届全国人民代表大会常务委员会委员。

1972年　71岁

参与高能物理研究所的筹建工作。

1973—1984年　72—83岁

担任高能物理研究所副所长，并主管实验物理部的工作。

1998年　97岁

5月28日，在北京逝世。

参考文献

［1］赵忠尧.赵忠尧论文选集［M］.北京：科学出版社，1992.

［2］蔡漪澜，马彤军.为了祖国，为了科学——记赵忠尧教授［J］.
自然杂志，1983（10）.

［3］中国科学技术协会.中国科学技术专家传略（理学编物理卷）
［M］.北京：中国科学技术出版社，1993.

［4］周光召.为了科学，为了祖国——在赵忠尧教授90寿辰庆祝
大会上的讲话［J］.物理，1992（11）.

［5］李炳安，杨振宁，继尧.赵忠尧，电子对产生和湮灭［J］.
现代物理知识，1998（6）.

［6］柳怀祖.李政道在赵忠尧诞辰百年纪念会上的发言［J］.现
代物理知识，2002（6）.

［7］施宝华.诺贝尔奖的遗憾——献给杰出的物理学家赵忠尧院
士［N］.中国科学报，1998（10）.

［8］何艾生.关于正负电子对的早期研究工作［N］.北方工业大
学学报，1989（3）.

［9］ 吴跃农.1936 年诺贝尔奖的遗憾［J］.党史纵横，2005（1）.

［10］何艾生，何豫生.赵忠尧对正、负电子对研究的开创忙贡献［J］.物理，1989（9）.

［11］赵维志.科学家赵忠尧的曲折回国路［J］.纵横，2000（1）.

［12］赵维志.从长城牌铅笔到反物质［N］.解放日报，1998-07-24.

［13］汪银生，王伟华.中国近代物理学的拓荒者——中国科技大学隆重纪念赵忠尧先生诞辰 100 周年［N］.人民日报·海外版，2002-07-08.

［14］胡升华.1945—1948 年中国的一场核物理热［J］.中国科技史料，1998（4）.

［15］郑绍唐.浅谈物理学在核武器发展中的作用［J］.物理，1999（2）.

［16］高能物理研究所.我国核物理研究的开拓者赵忠尧［J］.中国科学院院刊，2002（4）.

［17］杨建新，石光树，袁廷华.五星红旗从这里升起—中国人民政治协商会议诞生纪事暨资料选编［M］.北京：文史资料出版社，1984.

［18］李济深.祝自然科学工作者会议成功［J］.科学通讯，1949（2）.

［19］美政府无理扣押钱学森赵忠尧两教授，首都科学家和教授联名抗议［N］.人民日报，1950-04-01.

［20］柏生.访问赵忠尧教授［N］.人民日报，1951-01-12.

［21］本刊编辑部.从正负电子对到 τ 轻子［J］.现代物理知识，
　　　1993（3）.

［22］沈经.1950 年听赵忠尧先生的一堂课［J］.现代物理知识，
　　　1998（6）.

［23］李作新.发现第一个反粒子"正电子"的人——从狄拉克的
　　　正电子预言到赵忠尧的正电子湮没效应［N］.云南大学学
　　　报（自然科学版），2006（1）.

［24］中共中央对中国科学院党组〈关于目前科学院工作的基本
　　　情况和今后工作任务给中央的报告〉的批示［M］.// 中共
　　　中央文献研究室.建国以来重要文献选编（第五册）.北京：
　　　中央文献出版社，1992.

［25］聂荣臻.十年来我国科学技术事业的发展［J］.科学通报，
　　　1959（20）.

［26］顾永红.中国核物理鼻祖——赵忠尧［N］.光明日报，
　　　2002-07-01.

［27］朱永生.忆赵老为我的书作序［J］.现代物理知识，1998.
　　　（6）.

［28］汪雪瑛.赵忠尧教授九十寿辰庆祝会［J］.物理，1992
　　　（11）.

［29］秋埔.1992：难忘的中国物理年［J］.现代物理知识，1992
　　　（5）.

［30］郑金武.苦难中崛起民族的脊梁［N］.科学时报，2005-08-15.

［31］梁东元.原子弹调查［M］.北京：解放军出版社，2005.

［32］李华兴.民国教育史［M］.上海：上海教育出版社，1997.

［33］姚蜀平.近代物理在中国的兴起［J］.物理，1982（3）.

［34］顾毓琇.中国科学化的意义［J］.中山文化教育馆季刊，1935（2）.

［35］任鸿隽.科学与教育［J］.科学通讯，1934（1）.

［36］阳江，梁心.科学救国与专才救国［M］.北京：日新舆地学社，1932.

［37］吴稚晖.科工救国［J］.中山文化教育馆季刊，1934（2）.

［38］顾毓琇.我们需要怎样的科学［J］.独立评论，1933（33）.

［39］竺可桢.中国科学的新方向［J］.科学通报，1950（2）.

［40］何志平等.中国科学技术团体［M］.上海：上海科学普及出版社，1990.

［41］任美锷.今后中国科学的展望［J］.科学大众，1950（1）.

［42］吴玉章．"科代"筹备会全体会议开幕词［J］.科学通讯，1949（2）.

［43］李安平.百年科技之光［M］.北京：中国经济出版社，2000.

［44］段治文.中国近代科技文化史论［M］.杭州：浙江大学出版社，（1996）.

［45］段治文.中国现代科学文化的兴起（1919—1936）［M］.
上海：上海人民出版社，2001.

［46］段治文.科学与近代中国［M］.北京：高等教育出版社，
2004.

［47］段治文.当代中国的科技文化变革［M］.杭州：浙江大学
出版社，2006.

后　记

写作这部传记，对我们来说着实十分困难，原因是多方面的。

一是时间要求非常紧迫。因为当我们接受这部传记的写作任务时，离"百名浙江文化名人传记"丛书全部交稿时间已经非常近，必须放下手头所有的工作，全身心投入材料搜集和写作，才能完成。

二是材料特别缺乏。赵忠尧先生虽然是世界物理学界第一个观测到正反物质湮灭的人，也是物理学史上第一个发现反物质的物理学家，但是，由于历史的误会，他错过了诺贝尔奖，其贡献长期以来很少有宣传，几乎鲜为人知，历史的记录材料也就很少。只是到半个世纪后的 20 世纪 80 年代，杨振宁和李炳安教授开始对诺贝尔物理学奖的一些原始文献进行认真细致的调查研究，并在 1989 年正式发表了《赵忠尧，电子对产生和湮灭》一文后，才以确凿证据廓清了关于正电子发现有关研究的历史本来面目，阐述了赵忠尧在其中的首创性贡献，并提出赵先生应该是当之无愧的诺贝尔奖得主。从此之后，特别是20世纪90年代，报刊才有较多的关注，发表了一些文章，但也主要是一些比较零碎的报道、回忆和纪念材料。

三是学科跨度很大。我们虽然长期从事中国的科技文化史研究，但缺乏自然科学本身的学科背景，特别是要弄清楚物理学的一些问题更是难上加难。

为了克服以上这些困难，我们放弃了休息时间，放弃了节假日，特别是春节的假期也投入写作。我们走访了赵忠尧先生的老家诸暨和他就读过的诸暨中学，感受了赵先生童年时代的生活环境，参观了诸暨赵忠尧纪念馆，电话采访和请教了赵忠尧先生的女儿赵维勤研究员，访问了中国科学技术大学近代物理系和档案馆，以及赵忠尧先生纪念室等，终于搜集了一批虽然零碎但总算能让人理清眉目的材料。

由于系统材料的缺乏，此前没有一部系统的详细传记可作参考，我们在写作过程中是以两个材料作为基础的，在此需要特别指出：一是赵忠尧先生自己写的《我的回忆》，二是蔡渧澜、马彤军在20世纪80年代写的一篇较为详细的传记性文章《为了祖国，为了科学——记赵忠尧教授》。而关于赵忠尧先生在20世纪20年代末在物理学上的最大贡献，即两个发现的论述和评价，涉及大量当时物理学前沿的问题，我们基本上采纳了李炳安、杨振宁教授撰写的《赵忠尧，电子对产生和湮灭》一文。

好在我们还是发挥了自己长期研究中国科技文化史的一些特长，尽量将传主放到当时的历史背景和文化变革中去论述，重视对传主生活的社会环境、文化背景、学术思潮和历史影响等的阐述，这也许算是本书的特色吧。

如今，传记终于写完了，但回想赵忠尧先生的一生，依然感慨万千。赵忠尧先生的一生虽然"默默无闻"、兢兢业业，但仍不失波澜壮阔。20世纪20年代末，在加州理工学院为寻找反物质挑灯夜战；三四十年代，没有因为错失诺贝尔奖而灰心丧气，而是为祖国的核物理事业四处奔波操劳；40年代后期，为建造我国第一台加速器，拖着弱小的身躯辗转美国各大研究所，历尽艰辛；新中国成立初期，为了回国参加新中国的建设，突破重围，回国之路历尽艰辛波折；50年代，建造我国第一台加速器，为建立起新中国的核物理事业披荆斩棘；后又为创建中国科学技术大学近代物理系费尽心血。赵忠尧没有因为不公而沮丧，也没有因为这些重要发现而沾沾自喜，他始终乐观豁达，"兢兢业业地为祖国工作"，贯穿其间的精神主线无疑是赵忠尧先生热爱祖国、热爱科学、热爱人民、不为个人名誉和私利的高尚的精神品格。这种品格不仅是我们克服重重困难，完成本书写作的精神动力，且必将长期激励着后辈们在科学研究的道路上不断前行。

最后，我们要特别感谢赵忠尧先生的女儿、中国科学院高能物理研究所的赵维勤研究员。她热情地接受了我们的电话采访和请教，并给我们寄来了大量材料和复印文章，成了我们完成本书写作的重要基础。特别是她一再强调赵老先生一生低调正直、兢兢业业，不喜张扬和吹嘘，给了我们写作本书以重要的指导。同时，还要感谢中国科学技术大学近代物理系原主任，也是赵忠尧先生的学生韩荣典教授，感谢中国科学技术大学近代物理系叶邦角教授，他们不仅为我们提供了材料，而且为我们提供了重要的收集材料的线索。感谢中国科学技术大学档案馆、诸暨市档案馆、诸暨市赵忠尧纪念馆等单位的工作人员以及诸暨中学的领导，他们热情的接待和服务，使我们获得了第一手的材料。

另外，我们还要感谢浙江省社会科学院原院长、浙江大学原博士生导师万斌教授，感谢浙江省社会科学院越文化研究所原所长卢敦基研究员，他们的支持和鼓励是完成本书写作的重要基础。感谢杭州电子科技大学人文学院钱卉、詹于虹两位副教授，她们和我们共同完成了本课题的申报，并参与了一些材料收集工作。

传记写作过程中还采用了大量前人已经发表的资料，其中绝大部分在书中已经注明，还有一些因为体例的缘故可能未能一一注出，在此一并表示衷心的感谢。

本书前言和第十九至第二十四节由段治文撰写，第一至第十八节由钟学敏撰写。由于时间仓促，水平又有限，书中肯定有很多错漏之处，敬请各位专家和读者批评指正。